AF273136

Petra Jauer

Buen Camino 2

Die Wege der Anderen

Bibliografische Information der Deutschen
Nationalbibliothek:
Die Deutsche Nationalbibliothek verzeichnet diese
Publikation in der Deutschen Nationalbibliografie;
detaillierte bibliografische Daten sind im Internet über
https://dnb.dnb.de abrufbar.

© 2024 Petra Jauer

Lektorat: Lio Happel
Korrektorat: Malte-Levin Jauer

Verlag: BoD • Books on Demand GmbH, In de Tarpen 42,
22848 Norderstedt
Druck: Libri Plureos GmbH, Friedensallee 273,
22763 Hamburg

ISBN: 978-3-8391-2196-2

Vorwort

Als ich im vorigen Jahr zum ersten Mal den französischen Jakobsweg von Sarria bis Santiago de Compostela gelaufen bin, habe ich gemerkt, wie sehr mir das Pilgern gefallen hat. Ich wollte mehr. Es waren zwar nur die letzten 115 Kilometer des Weges, die wir im letzten Jahr gegangen sind, aber es heißt ja: Einmal Pilger, immer Pilger! Da ist wohl was dran, bei mir hat es sich jedenfalls so ausgewirkt.

Ich bin Friseurmeisterin mit eigenem Friseursalon und im letzten Jahr, zu meinem 60-sten Geburtstag, bin ich das erste Mal den Jakobsweg gepilgert. Ich fand eine nette Kundin, die spontan mitgekommen ist. Wir sind inzwischen gut befreundet, und somit ist Leni auch in diesem Jahr wieder mit gepilgert. Wir haben uns den portugiesischen Küstenweg ausgesucht. Natürlich wieder gut organisiert durch das Unternehmen „Santiago Ways", mit dem wir im letzten Jahr beste Erfahrungen gemacht haben. Also alle Hotels vorgebucht, mit Halbpension und natürlich auch wieder mit Gepäcktransport.

Aber obwohl es wieder „so einer Tourie-Tour" war, hatten wir wieder viele Erlebnisse, von denen ich berichten möchte.

Gleichzeitig machten sich in verschiedenen Erd-
teilen aus unterschiedlichsten Ländern auch die
verschiedensten Menschen auf den Weg. Ihre und
unsere Schicksale kreuzten und ähnelten sich...
Nun muss ich also doch nochmal schreiben und
euch davon berichten, vielleicht finden dann noch
mehr Spaß am Pilgern und Wandern.

PROLOG

So, nun ist es wieder soweit – wir haben eine ganze Weile geplant, geschoben und gerückt, bis diese Reise so gepasst hat, wie wir es wollten. Ich möchte den Jakobsweg von einer anderen Seite kennenlernen und habe mich für den Portugiesischen Küstenweg entschieden. Auch Leni war wieder begeistert und so haben wir geplant, wieder gemeinsam zu pilgern. Mein lieber Ehemann ist leider immer noch nicht zu motivieren. Aber ich bin zufrieden, dass Leni wieder mit mir zusammen fahren möchte.

Wir haben uns auch diesmal den Frühling als Reisezeit ausgesucht, damit sind wir im letzten Jahr gut gefahren und die Zeit nach Ostern passt uns beiden gut.

Ich hatte bei der Tour im vergangenen Jahr den Tod meiner Lieblingscousine Cerstin zu verarbeiten und dazu auch gute Möglichkeit und Hilfe gefunden. Nun ist im letzten November auch noch meine liebe Mutti gestorben, und ich bin immer noch sehr traurig. Aber das ist jetzt auch schon wieder ein viertel Jahr her. Es ist zwar bei der eigenen Mutter nochmal besonders schmerzhaft, aber sie hat ein schönes langes Leben gelebt und ist dann zufrieden eingeschlafen.

Somit ist mein Rucksack in diesem Jahr nicht ganz so voll mit schwerverdaulichen Erinnerungen und ich kann mich gut auf diese Reise vorbereiten und sicher auch den Weg einfach nur genießen.

Buen Camino!

Samstag, Anreisetag

Wir fliegen am Ostersamstag los (natürlich nach der Arbeit, denn der Osterbetrieb muss noch mitgenommen werden). Mein lieber Ehemann holt mich von der Arbeit ab, dann holen wir Leni ab und fahren zum Bahnhof. Nach einer herzlichen Verabschiedung schreiten wir zum Zug, und auch mein Mann fährt glücklich davon, zufrieden, zwei Wochen Ruhe zu haben und vor allem, nicht diese große Strecke mitwandern zu müssen.

Der Zug fährt dann auch pünktlich ab und wir packen sofort unsere Verpflegung aus. Natürlich zwei kleine Piccolöchen und ein bisschen selbstgebackenes Osterbrot, Käse und Kuchen, damit wir uns richtig einstimmen. Jede hat sich was Leckeres ausgedacht und jetzt zum Besten gegeben. Zum Glück ist der Zug leer und wir können alles gut genießen (und die ersten Fotos verschicken, auch wenn wir gerade erst aus Brandenburg rausgefahren sind). Wir müssen einmal umsteigen, aber es verläuft alles reibungslos und wir kommen pünktlich auf dem Flughafen BER an. Ich habe zum ersten Mal ein Zeitfenster für die Sicherheitskontrolle gebucht, so dass wir uns nicht lang anzustellen brauchen. Es ist aber heute ziemlich leer, hätten wir also nicht gebraucht, war aber trotzdem cool, den VIP-Eingang zu nehmen (egal, dass am anderen Eingang auch keiner stand, *ha, ha*).

Zufrieden sitzen wir nun im Flieger und heben endlich ab zu neuen Ufern...

Zum Glück gibt es bei der Fluggesellschaft KLM noch ein bisschen Bewirtung im Flieger, wie Wein und andere Getränke und Snacks (Wasser, Kaffee, usw.). In Amsterdam müssen wir dann umsteigen, so dass wir auf dem Weiterflug noch mal das Gleiche genießen können. Bei der Landung in Amsterdam haben wir einen tollen Ausblick, da es noch hell ist, können wir viel von der Umgebung der Stadt sehen. Die Landung des zweiten Fluges in Porto ist aber auch spektakulär, es ist zwar schon dunkel, aber alles so toll beleuchtet, dass man sehen kann, wie sich die Stadt ausdehnt. Jede noch so kleine Straße, auch Wald und Feldwege sind voll beleuchtet, ein riesiges Lichtermeer. Also hier ist jedenfalls nichts von Stromsparen (vor allem wegen des Klimawandels ein bisschen sinnvoller mit dem Strom umzugehen) zu merken. Zum Glück werden ja bei uns in Deutschland viele Lichter ausgemacht, um die Welt zu retten, aber na ja. Wir fühlen uns jedenfalls vorbildlich und sparen, wo wir können.

Nach unserer pünktlichen Landung drängeln sich wieder alle am Kofferband und warten ungeduldig auf die ankommenden Koffer. Wir haben zwar viel Geduld, stehen dann aber wirklich als Letzte da, bis wir endlich merken, dass unsere Koffer wohl nicht dabei sind. Na, das war ja wieder mal klar, hat ja bis jetzt alles so perfekt geklappt, da musste ja noch irgendetwas kommen. Wir laufen also etwas konfus umher, bis wir mit vielen anderen unsere fehlenden Koffer melden können. Als wir endlich an der Reihe sind, klingelt auch noch mein Telefon, immer im falschen Moment!

Ich will erst gar nicht ran gehen, außerdem ist es eine spanische Nummer, aber wie das so ist, die Hände sind schneller als der Kopf und ich drücke auf den grünen Hörer. Es meldet sich eine männliche Stimme in englischer Sprache. Und kaum ist man im Ausland, wie durch ein Wunder, antwortet man ganz automatisch auch in Englisch. Es ist jemand von „Santiago Ways", der fragt, ob wir überhaupt in Porto angekommen seien und warum wir noch nicht rausgekommen sind, unser bestellter Transfer warte vergeblich. Upps, den habe ich ja völlig vergessen! Zum Glück kann ich wohl ganz gut erklären, dass wir zwar da, aber noch nicht draußen sind, wegen der fehlenden Koffer. Die Dame vom Transfer muss dann noch eine Weile warten, hält auch eisern durch, bis wir endlich da sind. Zum Glück – so werden wir dann doch noch gut zum Hotel gebracht und brauchen uns nicht noch ein Taxi suchen, um diese Uhrzeit. Gegen 24.00 Uhr sind wir im Hotel, in einer etwas höher gelegenen Straße.

Beim Einchecken fragen wir höflich nach einer Zahnbürste, aber leider sind alle schon weg, es ist wahrscheinlich mehreren Leuten so gegangen, die keine Koffer hatten, dass sie auch keine Zahnbürsten im Handgepäck hatten. Aber der junge Mann an der Rezeption erklärt uns, es gäbe ja Wasser und die Finger, na damit ist es auch okay. In meinem Rucksack habe ich aber wenigstens eine kleine Notfalltasche mit Pflaster, Sonnencreme, Schmerztabletten und Slipeinlagen. Na, wenigstens etwas, damit kommen wir auch über den nächsten Tag, ha, ha...

Es ist sowieso alles zu ertragen, wenn man es mit Humor nimmt! Und so können wir nun vor lauter Übermut auch nicht gleich ins Bett gehen, sondern wollen noch ein bisschen Porto unsicher machen, also auf geht's – geschlafen wird zu Hause!

Wir haben gedacht, dass am Ostersamstag noch

was los sei in so einer Stadt, auch nach 24.00 Uhr, aber das war wohl ein Irrtum. Wir müssen eine ganze Weile bis in die untere Stadt laufen, um endlich eine Kneipe zu finden, die noch offen hat und wo wir noch einen Absacker bekommen. Natürlich einen ordentlichen Portwein. Leni trinkt einen roten und ich probiere einen weißen. Wusste gar nicht, dass es auch weißen Portwein gibt? Sind natürlich beide sehr lecker und wir sind glücklich, endlich angekommen zu sein. Außerdem sitzen auch keine anderen Gäste im Lokal, sodass wir in Ruhe schon mal viele Fotos machen können. Schon komisch, dass so gar nichts mehr los ist in der Stadt, außer ein paar Jugendliche, die sich bei McDonald`s aufhalten. Wir laufen also wieder die bergige Straße nach oben und fallen dann k.o. ins Bett und vergessen völlig, dass wir keine Zahnbürste haben.

– Die Anderen! –

Fast zur gleichen Zeit brachen auch zwei Menschen in Korea auf, um den Jakobsweg zu pilgern. Hana und Min Kim hatten vor ein paar Tagen geheiratet und wollten nun die Flitterwochen (ihren Honeymoon) auf dem Jakobsweg verbringen. So eine Tour als Honeymoon war schon etwas gewagt und eine ziemliche Herausforderung. Sie haben lange auf diese Reise gespart und jeder hat sich, ganz für sich selbst, darauf vorbereitet. Die Hochzeit war sehr klein und sparsam gewesen, und für eine neue kleine Wohnung reichte das Geld auch nicht, also kratzten sie alles zusammen und buchten den Flug. Min hatte eine neue Arbeit, die er aber erst in zwei Wochen antreten konnte und dann war es wieder nicht mehr möglich, Urlaub zu bekommen. Später mit der neuen Arbeit, würden sie es schon schaffen, genügend Geld für die neue Wohnung zusammen zu bekommen. Hana wollte unbedingt schwanger werden und dachte, so eine Reise würde schon helfen, denn Min war noch nicht bereit für die Familienplanung. So packten sie beide ihre Rucksäcke und brachen auf in ein so unbekanntes Land.

Sie lebten in einer kleinen Stadt in Süd-Korea. Es war dort sehr ärmlich und schwierig. Hier gab es kein Ausbrechen oder Sich-Verändern oder mal was Neues wagen. Man ging arbeiten, arbeiten und arbeiten, dann konnte man die Familie versorgen. Die Wirtschaft funktionierte und die Menschen auch! Wer fleißig war, konnte sich ein bisschen was leisten, verschiedene Dinge an Technik, die das Leben leichter machten. An Handys und technischen Dingen mangelte es ja nicht. An Arbeit auch nicht, nur am Leben...

Hana und Min hatten genauso wie alle jungen Leute Träume vom Leben. Sie wollen raus aus dem spießigen, einfachen, eingefahrenen Leben, und die Welt neu entdecken. Sie wollten sich lieben und Spaß haben. Deshalb entschieden sie sich, ihr gesamtes Geld für diese Reise, diesen Pilgerweg einzusetzen.

Nun war es so weit, sie hoben ab, lächelten sich glücklich zu, und hielten noch alles per Handy fest. Nach ein paar Umstiegen kamen sie am Ostersamstag abends in Porto an. Sie sammelten ihre Rucksäcke ein und los ging es auf die Suche nach dem ersten, schon voraus gebuchten Hotel.

Am Ausgang stießen sie mit einem älteren Pärchen zusammen...

Hannes und Ingeborg aus Deutschland, die packten ebenso gerade ihre Rucksäcke ein und suchten genauso den günstigen Bus in die Stadt.

Im Gegensatz zu Hana und Min, hätten sich Hannes und Ingeborg auch gut ein Taxi leisten können, aber sie konnten nicht anders und zogen die sparsame Bus Variante vor.

Da saßen sich nun zwei unterschiedliche Pärchen im Bus gegenüber, bereit, den gleichen Weg zu beschreiten, was auch immer kommen würde. Zwei junge Menschen am Anfang ihrer Ehe, mit Schmetterlingen im Bauch und voll Hoffnung, ihr gemeinsames Leben gut zu meistern. Vielleicht kann man sich den Partner im Laufe der Zeit auch so hin formen, dass es gut funktioniert. Sie waren noch im 7. Himmel und konnten sich im Moment auch nichts anderes vorstellen.

– So ist es: wenn man jung ist, glaubt man an die ewige Liebe, erst später weiß man, dass es harte Arbeit ist, die sich nur auszahlt, wenn sich „Geben und Nehmen" die Waage halten. –

Hannes und Ingeborg hatten jetzt schon 42 Ehejahre hinter sich, sie könnten das sicher absolut bestätigen. Harte Arbeit war es immer, der ewige

Kampf, immer mithalten zu können, die Arbeit, die Kinder, der Haushalt, die Nachbarn und die Freunde und die Familie. Hannes arbeitete als Beamter im Finanzamt, wo er immer ordentlich, fleißig und strebsam seine Arbeit absolvierte, jedoch nie groß aufstieg. Ingeborg war als Hausfrau für die Kinder und den Haushalt zuständig, also typisch spießige Einteilung der Pflichten und der Stellung in der Ehe. Sie hatten es geschafft, in ihrem kleinen Reihenhaus, in der Enge ihres Lebens durchzuhalten, ohne besondere Vorkommnisse vor sich hinzudümpeln. Ganz am Anfang ihrer Ehe hatten sie auch Träume, die aber im Alltag schnell verflogen. Auch Ingeborg dachte, sie könnte sich ihren Mann ein bisschen formen, um ihre Wünsche zu verwirklichen. Aber keiner kann einen anderen verändern, im Gegenteil, man muss ziemlich hart arbeiten, die Beziehung zu erhalten.

Ingeborg hatte die Idee, diesen Jakobsweg zu gehen, um herauszufinden, ob sie noch ein wenig Schwung in ihr Leben und in ihre Ehe bringen könnten. Hannes hatte dann auch endlich zugestimmt, er war sehr an Geschichte interessiert, gab aber zu bedenken, dass das alles mit Anfang 70 auch ganz schön beschwerlich werden könnte. Ingeborg fühlte sich fit und wischte kurzerhand alle Bedenken weg und lockte Hannes auf diese Reise. Na ja, ist ja allgemein bekannt, dass auch Hausfrauen ein gutes Durchsetzungsvermögen haben. Also gab Hannes nach und machte sich an die Vorbereitungen. Er suchte den kürzesten Weg raus und schaute, wo die günstigsten Herbergen waren, denn trotz ihrer guten Rente, konnten sie nicht anders, als sparsam zu sein. Sie kamen ja aus dem Ruhrgebiet, einem Landstrich mit viel Industrie und vielen Arbeiterfamilien, da wurde immer und seit je her gespart.

Sie suchten also ihre Wanderrucksäcke von der letzten kleinen Wanderung raus. Mehr wollten sie nicht mitnehmen, als dort hinein passte. Gepäcktransport oder Hotel kamen gar nicht erst in Frage, Ingeborg wollte ja ganz klassisch pilgern. Ein bisschen wollte sie auch sich und ihren Freunden, den Nachbarn und der Familie beweisen, dass sie es schaffen würden, den Weg zu laufen und sich auch ohne viel Sprachkenntnisse in der großen Welt zurechtzufinden. Auf jeden Fall würden alle sie bewundern und richtig neidisch werden. Sie würde die schönsten Fotos schicken, auch wenn sie nur die Spar-Variante gewählt hatten. So ein wenig schummeln und aufschneiden war ja wohl erlaubt und würde im Nachgang, wieder zu Hause, auch ihrer Ehe und ihrem Leben gut tun. Sie erwischten dann schließlich am Ostersamstag noch ein paar günstige Flüge und so war auch wenigstens in Porto noch ein Hotel drin, auf das sie sich nun schon freuten.

Als sie in Porto im Bus dem superglücklichen jungen Pärchen gegenübersaßen, strömte schon ein wenig Glücksgefühl auf Ingeborg und Hannes über und sie waren sicher, den richtigen Weg gewählt zu haben. Sie erinnerten sich an ihre Hochzeitsreise, die zunächst ausgefallen war, da die Feier das Geld verschlungen hatte. Es wurde später als Familienurlaub nachgeholt. Na ja, das war schon am Anfang nicht das, was Ingeborg sich als Eheglück vorgestellt hatte, aber Hauptsache die Feier war für die Anderen vorzeigbar gewesen.

Ausgestiegen aus dem Bus. standen sie nun alle vier vor ihrem Hotel, mit kleinem Gepäck und den kleinen Entscheidungen, die in eine Hosentasche passten.

Na dann, Buen Camino!

Sonntag, Ein Tag in Porto

Am nächsten Morgen hätten wir ja eigentlich aus-
schlafen können, aber wie das so ist, wenn man
könnte, kann man eben nicht. Also gehen wir
pünktlich zum Frühstück, denn heute steht ja
Sightseeing auf dem Plan. Unsere Koffer sollen ja
irgendwann heute noch ins Hotel geliefert werden,
na, mal sehen, ob das klappt. Aber deshalb brauchen wir ja nicht den ganzen Tag im Hotel sitzen
und warten, da kann man sowieso nichts ändern.
Beim Frühstück ist dann auch ein wenig Betrieb.
Eine Reisegruppe, die mit dem Bus unterwegs ist
und die sich zur Abfahrt sammelt. Na, die wollen
auf alle Fälle schon mal nicht pilgern. Am Nebentisch sitzen eine ältere – und eine jüngere Frau,
wahrscheinlich Mutter und Tochter, die sehr
sportlich aussehen und ganz bestimmt Pilger
sind. Sie führen aber schon ausführliche, bestimmt wichtige Gespräche, so dass sie keine anderen Menschen wahrnehmen. Leni ist ein bisschen traurig, dass es hier zum Frühstück, nicht
wie in Spanien üblich, Tomatenpaste und Oli-
venöl auf Weißbrot gibt. Aber es ist ja das erste
Frühstück und wir haben ja dieses Mal zwei Wochen Zeit...
Alles in allem ist das Hotel sehr nett, zwar von
außen nicht gerade hübsch, dafür innen gemüt-

lich und sauber. Wir haben nur nicht allzu gut geschlafen, da unsere Zimmer zur Straße hin liegen und die Autos, die wahrscheinlich in der Nacht keine Geschwindigkeitsbegrenzung kennen, ständig vorbei rauschen und viel Lärm machen. Na, dafür, dass am Abend so gar nichts los war in Porto, war in der Nacht aber ganz schön viel Verkehr...

Nach unserem ausgedehnten Frühstück brechen wir zum Sightseeing auf, obwohl die Koffer noch nicht im Hotel angekommen sind. Na, zum Glück brauchen wir nicht noch überlegen, was wir denn heute anziehen, die Auswahl ist ja sehr begrenzt, ha...

Wir laufen vom Hotel aus los in Richtung Untere Stadt, zweimal um die Ecke – und die erste große Kirche taucht auf. Also laufen wir hinein, es ist ja schließlich Ostersonntag, da freuen wir uns, hier in Porto einen schönen Oster-Gottesdienst erleben zu können. Es ist aber dann ein ganz normaler Gottesdienst, noch nicht einmal besonders gut besucht. Wir suchten uns einen Platz und lauschen der Predigt in Portugiesischer Sprache. Das ist natürlich auch eine schöne Art und Weise, den Jakobsweg zu beginnen. Es sind wohl sonst nur einheimische Portugiesen dort. Naja, wir haben jetzt unseren Österlichen Segen und unser Weg kann starten, also auf geht es erst mal durch Porto.

Bei strahlendem Sonnenschein laufen wir die bergige Straße nach unten in Richtung Hafen. Als erstes finden wir diesen großen alten Bahnhof mit den wunderschönen Fliesen Fresken – sehr sehenswert! Wir machen mal wieder ordentlich viele Fotos – ist ja wirklich toll hier in Porto.

Es füllen sich auch langsam die Straßen, ein buntes Treiben von Portugiesen und Touristen, die heute den Ostersonntag und den Sonnenschein genießen. Alle sind ausgelassen und bummeln durch die Straßen. Auch die Geschäfte haben heute geöffnet und wir können gleich ein bisschen shoppen, sicher ist sicher, falls unser Gepäck nicht mehr ankommt.

Nun wird es auch immer wärmer und die Sonne meint es wirklich sehr gut, fast zu gut. Wir finden ein schönes Kaffee, wo man oben auf der Terrasse einen wunderschönen Blick hat auf den Palast de Bolsa (Börsenpalast), den kleinen Park davor, einen Blick sogar zwischen die schmalen Gassen hindurch bis hinunter zum Hafen, wunderschön. Wir sind zwar schon ziemlich durstig, aber ich will unbedingt in den Palast de Bolsa, den man besichtigen kann. Leni will nicht so recht, besonders, als sie die Schlange am Eingang sieht, will sie lieber gleich ins Kaffee. Ich bleibe aber hartnäckig dran und so stellen wir uns eine halbe Stunde an. Wir bekommen dann auch Tickets für ein Zeitfenster ca. eine Stunde später. Na ja, so kommen wir doch noch zuerst auf der schönen Terrasse zum Kaffee, und nach dem kühlen

Sangria sind wir uns auch wieder einig, dass wir das mit den Tickets zur Besichtigung wohl richtig gemacht haben.

Wir genießen also fröhlich die Aussicht und beobachten die Leute um uns herum. Leni bestellt noch ein paar portugiesische Kleinigkeiten zum Essen, wie zum Beispiel Pastéis de Bacalhau, so ähnlich wie Kroketten, gebackene Rollen aus Kartoffelbrei mit Spinat, Käse oder Fisch, sehr lecker!

So, jetzt ist die Zeit um, und wir gehen hinüber in den Palast de Bolsa, zur Besichtigung, obwohl Leni noch immer keine Lust hat. Am Ausgang des Cafés stoßen wir mit einem jungen Pärchen zusammen. Sie sehen aus, als kämen sie aus Korea oder einem anderen asiatischen Land. Sie sind total süß und entschuldigen sich mehrmals, uns angerempelt zu haben. Sie sehen so glücklich aus, na ja das wird wohl an Ostern liegen oder an dem schönen Wetter, oder so. Nun aber los zur Besichtigung, sonst verpassen wir noch unsere Einlasszeit. Es ist immer noch sehr voll, die Leute müssen immer noch anstehen. Wir haben dann eine sehr tolle und interessante Führung (natürlich in englischer Sprache) durch den Palast. Es ist sehr beeindruckend und wir bereuen es zum Schluss beide nicht, diese Besichtigung gemacht zu haben. Zwar steht im Reiseführer, dass es drinnen einen portugiesischen Portwein geben würde, der ist aber leider ausgefallen, na, man kann nicht alles haben. Nun sind wir auch kulturell gebildet und auf Porto eingestimmt. So bummeln wir weiter zum Hafen hinunter. Wirklich zauberhaft, überall an der Hafenpromenade stehen junge Leute und machen Musik, überall Verkaufsstände, die alle ihre Waren anbieten, also eine ausgelassene Stimmung. Portugiesische Musik verbindet man in erster Linie mit den melancholischen Klängen des „Fado". Fado bedeutet übersetzt Schicksal. Auch ich bin Fan dieser melancholischen Musik, genieße die beständige Gratwanderung zwischen frohem und traurigem Ausdruck, die mit erstaunlich unterschiedlicher Wirkung aufgenommen und interpretiert werden kann.

Ich versuche einige Schnappschüsse mit meinem neuen Handy festzuhalten. Als ich mich dann umdrehe, bemerke ich plötzlich, dass Leni verschwunden ist. So setze ich mich dann einfach in die Sonne auf die Kaimauer und lausche der Musik, in der Hoffnung, dass Leni wieder hier vorbeikommt. Ich sehe alle möglichen Leute, auch dieses koreanische Pärchen, das sich glücklich zur Musik bewegt, nur Leni ist wie vom Erdboden verschluckt. Nun gehe ich doch weiter durch die Verkaufsstände und erstehe gleich mal eine hübsche, kleine Tasche (ich hab ja auch so wenig im Schrank, aber ein kleines Andenken aus Porto braucht man ja). So wie immer, wenn man bezahlen will, klingelt das Handy, so dass man vor lauter Schreck gar nicht so schnell alles hinkriegt, bezahlen und telefonieren.... Es ist Leni, die mich auch schon verzweifelt sucht, und meint, ich hätte ja auch mal anrufen können. Ja so ein Mist, habe ich vor lauter Eindrücken gar nicht dran gedacht, tut mir echt leid.

Wir finden uns dann doch ziemlich schnell wieder und stehen irgendwie an der Haltestelle einer alten Straßenbahn, in die wir auch prompt und ohne zu überlegen einsteigen und Hin - und

Rückfahrt kauften, ohne zu wissen, wo es denn überhaupt hingeht. Wir sind wohl schon im Urlaubsflow und lassen uns treiben. Die Bahn ist eine wunderschöne alte Straßenbahn, in der man durch die offenen Fenster hinausschauen und das ganze Flair genießen kann. Wir fuhren ca. 30 min. durch die Stadt bis hin zum Atlantik. Da war dann auch Endstation, wir stiegen aus und gingen ein Stück am Atlantik entlang.

Es war eine wunderschöne Promenade und wir waren beeindruckt von der Kraft der Wellen, die über die Kaimauern spritzten. Bei mir kam schon mal große Vorfreude auf, darauf die ganze Zeit unseren Weg am Atlantik entlangzulaufen! Ich liebe das Meer mit all seiner Kraft, die türkisblauen Schattierungen, die weiße Gischt. Ich könnte endlos aufs Meer schauen, es gibt mir irgendwie Ruhe und Kraft, zeigt mir mit seinen endlosen Wellen, dass das Leben unendlich ist, weil immer alles wiederkommt. Wir leben zwar nicht ewig auf der Erde, aber durch Kinder und Kindeskinder geht es immer weiter und so wiederholt sich das Leben immer und immer wieder, das ist doch eine schöne Version von ewigem Leben.

Nach unserem ausgiebigen Spaziergang am Meer gingen wir zurück zur Straßenbahn. Kurz vor der Haltestelle dachten wir plötzlich an unser Gepäck - ob es wohl schon im Hotel angekommen war?

Ich wollte am liebsten gleich zum Hotel fahren, um dort vor Ort nachzufragen, aber Leni meinte, wir können ja erst einmal anrufen. Ich vergesse immer wieder, dass wir ja Google auf dem Handy haben und somit auch problemlos die Telefonnummer vom Hotel rausbekommen können. Ich war ein bisschen skeptisch, ob das auch wirklich die richtige Nummer vom richtigen Hotel war. Außerdem musste ich mich auch in Englisch so ausdrücken, dass die Dame am anderen Ende auch alles richtig verstand. Sie erklärte mir, dass noch kein Gepäck angekommen sei und wir da auch nicht viel machen könnten, außer die Fluggesellschaft zu kontaktieren. Nun war ich wirklich bedient und wollte sofort ins Hotel zurück. Leni beruhigte mich ein wenig und meinte, wir sollten doch erst mal lieber etwas essen gehen, im Hotel könnten wir sowieso nichts machen. Schon zum zweiten Mal auf dieser Reise waren wir nicht einer Meinung, na, das wird ja diesmal interessant. Ich dachte dann aber an meinen Mann, der gar nicht erst das Hotel verlassen hätte, bis das Gepäck nicht da gewesen wäre und ich hätte mich dann ordentlich geärgert, den Tag nicht genießen zu können. So beschloss ich also, mich nicht so zu haben, mich zusammenzureißen, vernünftig nachzudenken und einfach essen zu gehen, man konnte sowieso nichts machen, da hatte Leni wohl Recht. Wir hatten ja noch Zeit bis morgen früh 8 Uhr, wo wir die Koffer wieder abgeben mussten, um uns auf den Weg zu begeben.

So fuhren wir mit der alten Straßenbahn wieder zum Hafen zurück und suchten uns ein schönes Lokal, direkt auf der oberen Promenade, wo man über den ganzen Hafen blicken konnte. Wir fanden einen tollen Platz, mit super Ausblick und Live-Musik, die von unten vom Hafen gut zu hören war. Natürlich bestellen wir nach diesem anstrengenden Tag erst mal eine schöne Flasche Wein und zur Vorspeise wieder ein paar „Pasteis de Bacalhau". Zur Hauptspeise dann super Fisch, einen Bacalhau-Kabeljau, total lecker...

So nun aber endlich auf zum Hotel und hoffen, dass die Koffer da sind! Also trabten wir wieder den Berg hoch in die Obere Stadt, aber ein paar kleine Abstecher in die Seitengassen waren auch noch drin. Porto ist wirklich wunderschön!

Endlich im Hotel, fragten wir gleich nach unseren Koffern. Der nette junge Mann von gestern, am Empfang, verschaukelte uns erstmal ein wenig, indem er so tat, als wüsste und verstehe er nichts, aber dann zauberte er doch unsere Koffer hervor. Zum Glück – die Freude war groß und wir zogen glücklich mit unseren Koffern davon in unser Zimmer.

Das war schon mal ein ziemlich aufregender, aber auch sehr schöner erster Tag. Müde fallen wir ins Bett und ich bin gespannt, was uns dann auf unserem Weg noch alles erwartet.

–

Nicht weit entfernt, machten sich Hannes und Ingeborg gleich am Ostersonntag los auf den Weg. Sie wollten jeden Tag nutzen, um auch in den zwei Wochen ihr Ziel zu erreichen und nicht zu viele Kilometer am Tag machen zu müssen. Hannes hatte in gewohnter Weise die Route vorher akkurat geplant, die Strecken genau berechnet und die entsprechenden Herbergen dazu raus gesucht, dürfte eigentlich nichts schiefgehen – jedenfalls theoretisch! Aber da die Praxis ja vermutlich immer anders ist, gab es da noch genügend Spannung, die auf sie wartete. In Porto wollten sie sowieso nicht viel umherlaufen, wollten sich auch keine Kirchen ansehen, da sie ja vor Jahren auch aus der Kirche ausgetreten waren. Das hätten alle anderen Bekannten als Folge der ganzen Missbrauch-Fälle und dem schlechten Image der Kirche auch getan und da wollten sie auf keinen Fall anders sein. Außerdem hasste es Ingeborg auch, jeden Sonntag zur Messe zu gehen und gleichzeitig pünktlich das Mittagessen auf den Tisch zu bringen, während Hannes gemütlich mit den anderen zum Frühschoppen-Bierchen in die Kneipe ging, um sich anschließend an den gedeckten Tisch zu setzen. Das war die übliche Sonntagszeremonie, die Ingeborg sich an vielen Sonntagen doch eher anders wünschte. Nun war aber an der großen Kathedrale in Porto der Startpunkt des Jakobswegs. Mit gebührendem Abstand zur Kathedrale starteten sie dann am ersten Wegweiser-Stein, Ordnung muss ja sein. Ingeborg meinte: „Wenn wir von hier durch Porto in Richtung Atlantik laufen, haben wir genug von Porto gesehen."

Hannes wollte lieber die U-Bahn, oder vielleicht sogar die typische, alte Straßenbahn, die bis zum Atlantik fuhr, nehmen, aber Ingeborg hatte ihr Budget fest im Griff und da waren keine Fahrkarten eingeplant. Hannes wandte noch kurz ein: „Der Weg führt zum größten Teil durch ein hässliches Neubaugebiet! Wir können unsere Kräfte doch besser einteilen!"

„Nein", kam es deutlich von Ingeborg. Das war dann schon mal geklärt, und nun ging es los...

Die Rechnung kam dann natürlich postwendend. Sie liefen die Straßen berghoch und runter, zuerst war es ja noch ganz nett. Hübsche alte Häuser, sehr hoch und schmal und mit den typischen blau-weißen Fliesen dekoriert, aber durch den ständigen Anstieg ganz schön anstrengend. Bloß keine Schwäche zeigend ging es weiter durch schier unendliche Neubaugebiete. Die Straßen waren hier hinten relativ leer. Dabei war es doch Feiertag und auch noch Ostersonntag, und eigentlich waren die Portugiesen doch ein sehr katholisches Völkchen? Wahrscheinlich wie überall war das hier auch schon etwas abgeschwächt oder aber: wie bei allen Südländern geht es erst am späten Nachmittag los. Egal – Hannes und Ingeborg liefen tapfer die Straße entlang. Inge immer etwas schneller voraus und Hannes trabte ordentlich hinterher. Pausen machten sie nur, wenn sich irgendeine Sitzgelegenheit wie eine Bank oder ein Stein oder ähnliches fand, und Proviant hatten sie dabei. Inge hatte jetzt schon Schmerzen im rechten Unterschenkel und der Knöchel fing an, etwas anzuschwellen, aber „ich gebe das auf keinen Fall zu", sagte sie zu sich selbst. Mit viel, viel Mühe erreichten sie den ersten Ausgangspunkt am Atlantik. Nach insgesamt über 20 km krochen beide dann schließlich nur noch bis zur Herberge und fielen vor Erschöpfung gleich ins Bett. Das Essen hatten sie alles unterwegs gegessen, so dass auch Abendessen nicht mehr nötig war. Inge kühlte noch ihren Fuß, damit sie morgen wieder fit wäre. Hannes war ziemlich k.o. von der doch viel zu langen ersten Wanderung, wandte noch kurz Bedenken ein: „Morgen sollten wir nicht so viel laufen, sonst können wir das nicht schaffen." Dann schlief er sofort ein, ohne die Antwort von Inge abzuwarten. Gute Nacht!

Montag, 1. Tagesetappe

Porto nach Vila do Conde

Heute ist unser erster Wandertag. Wir müssen von Porto nach Vila do Conde laufen, eine Strecke von ca. 29 km. Nach dem guten Frühstück verlassen wir gleich unser Hotel in Porto in Richtung U-Bahn. Zum Glück sind die Koffer gestern noch angekommen, denn da sind ja auch unsere Wandersachen und hauptsächlich meine Schuhe drin gewesen. Das wäre schon ganz schön blöd, so viel Kilometer ohne richtige Wanderschuhe zu gehen, da wäre ich schon nach dem ersten Tag raus!

Aber nun haben wir die Koffer pünktlich um 8 Uhr beim Gepäcktransport abgegeben und können perfekt sportlich gestylt loslaufen. Hauptsache, es hilft...

Über den portugiesischen Weg als den einzigen zu sprechen, ist wie bei den vielen anderen Varianten, die es noch gibt, unmöglich. Der portugiesische Pilgerweg entlang der Küste war angeblich einer der wichtigsten Achsen, um die letzte Heimstätte des Apostels in Santiago de Compostela zu erreichen. Er führt alternativ zu anderen Wegen nach Galizien von Porto zum Rio Minho nach la Guardia oder Tui. Der Küstenweg beginnt in Porto und geht weiter über Matosinhos, Maia, Vila do

Conde, Povoa de Varzim, Esponsende, Vila Nova de Cerveira und Valenca.

Seit dem 15. Jahrhundert wurde er vorwiegend beschritten von Einheimischen und von Pilgern, die in Seehäfen ausstiegen.
Jeder Schritt ist von einer leichten Meeresbrise begleitet, die die Seele belebt und den Körper herausfordert.

Na, wir werden sehen, wie wir das heute so schaffen, die Strecke ist als abwechslungsreiche Küstenlinie entlang der Strände des Atlantiks beschrieben. Das Wetter ist super schön, totaler Sonnenschein, erst mal 20 Grad, wärmer werdend. Ich freue mich jedenfalls riesig auf diesen Weg, wo ich mir den Wind um die Nase wehen lassen kann und immer nur aufs Meer blicken, wird bestimmt toll! Aber es sind eben auch 29 km und bei unserem Glück werden es bestimmt noch ein paar mehr sein. Gestern in Porto beim Sightseeing waren es immerhin auch schon 20 km (hat meine Uhr gesagt) – und das in einfachen Turnschuhen.

Wir laufen also los zur U-Bahn-Station, die nicht weit vom Hotel entfernt ist. Nach unserem Reiseführer sollten wir mit der Bahn fahren, um den langweiligen und lauten Weg aus Porto hinaus zu umgehen. An der Bahn Station kann man schon gut die Pilger erkennen, die sich alle nach der Reise-Empfehlung richten und bis Matosinhos rausfahren, um dort direkt am Atlantik zu starten. Es sind jedenfalls eine ganze Menge Pilger aus allen möglichen Ländern unterwegs. Auch viele aus Deutschland, die alle gleich losströmen. Wir gehen ein Stück mit einem jungen Mann, der ursprünglich aus Korea stammt, aber zur Zeit in Abu-Dhabi lebt. Er erzählt uns, dass er nur zwei Wochen Zeit hat und gleich wieder nach Hause zu seiner Frau möchte und hofft, dass er auf dem Weg seine Erleuchtung findet. Leni unterhält sich mit zwei Frauen, Mutter und Tochter, die aus Polen stammen, aber in Deutschland leben. Es ist ganz schön was los hier, mal sehen, wen man dann hin und wieder nochmal trifft, aber wahrscheinlich wandern alle auf ihre Art und ihren eigenen Weg, davon gibt es ja genügend.

Dem Küstenweg ist eine Spiritualität eigen, die von jedem Pilger auf seine Weise erlebt wird. So wird jede Reise durch die unberührte Natur zu einer Wanderung, die ebenso viel Heiteres wie Gefühlvolles bringt. Na dann, los geht es! Entdecke Deinen Weg...

Laut Reiseführer wird uns also jeder Tag wertvolle Gefühls- und Genussmomente bieten angesichts des Wechsels des unermesslichen Ozeans mit den Bergen, die den Pilgerweg begrenzen. Jetzt sind wir erst einmal überwältigt von dem riesigen Strand, der sich unendlich lang erstreckt. Der Blick ist traumhaft, die riesigen Wellen schlagen mit Wucht lautstark an den Strand.

Wir setzen uns erst mal auf eine Steinbank und genießen, können uns gar nicht satt sehen und auch nicht aufhören zu fotografieren, dabei sind wir noch nicht weit gekommen. Noch sind wir völlig entspannt und beobachten die anderen Pilger, die in aller Eile losrennen. Als ob alle Angst hätten, zu spät irgendwo anzukommen, laufen sie so eilig davon, dass sie nicht mal mehr grüßen können und uns ganz komisch anschauen, wenn wir „Buen Camino" wünschen. Also, gehen wir auch los! Der Weg geht direkt am Meer entlang auf einer wunderschönen Promenade. Wir bummeln gemütlich, und werden immer wieder von schnelleren Pilgern überholt. Es sind sehr viele Deutsche unterwegs, die, stylisch angezogen, wie die Wilden rennen, auch meistens allein. Wahrscheinlich ist für Deutsche die beste Pilgerzeit nach Ostern, da können alle gut Urlaub nehmen und sind in frühlingshafter Aufbruchstimmung, aber irgendwie ziemlich ernst und verbissen sind sie, von Genießen keine Spur.

Nun laufen wir auf dem wunderschönen Weg aus Holzbohlen, wie ein extralanger Steg führt er direkt am Ozean entlang. Nach jeder Wegbiegung eine neue idyllische Landschaft, im Hintergrund das nahe Meer. Erst auf diesem Pilgerpfad kann man den Kontrast zwischen den geruhsamen Stränden und den hohen Atlantikwellen so recht wahrnehmen. Die Meeresbrise mit ihrem eigenen Aroma von Algen, die auf dem Sand trocknen und von Wellen an- und zurückgespült werden, machen das Ganze perfekt und vollständig.

So laufen wir und laufen wir und laufen wir... immer schön in der immer wärmer werdenden Sonne. Wir ziehen uns immer mehr aus, bis ich dann nur noch im Top und kurzen Hosen bin. Ich habe zwar mein Basecap auf, aber Leni hat ihren Hut nicht gefunden und scheinbar zuhause vergessen. Irgendwann cremen wir uns dann auch mit Sonnencreme ein, aber wahrscheinlich zu spät. Irgendwie hatte ich mir das ganz anders vorgestellt, nicht immer nur in der prallen Sonne am Strand langlaufen und sich das Wasser nur anzusehen und da nicht hineinzukommen, das ist ja schon Strafe genug. Aber leider kann ich die Wanderschuhe nicht einfach ausziehen und durch den Sand ins Wasser gehen, bzw. rein könnte ich schon, aber hinterher nicht wieder mit den Sandfüßen in die Schuhe zurück, da würde ich bestimmt nicht weit kommen. Aber na ja, gut pilgern geht ja auch nur mit ein paar Qualen. Nun laufen wir schon über zwei Stunden, haben auch ein wenig Hunger und würden gern mal eine Pause machen, aber weit und breit gibt es nichts zum Hinsetzen oder irgendein Bistro oder eine Gaststätte in Sicht, noch nicht mal ein Toiletten- häuschen. Das ist auch ganz schön schwierig, wir müssen ja auch immerzu Wasser trinken, das auch irgendwie wieder raus muss. Auf den Holz- bohlen-Stegen kann man auch nicht mal aus- scheren und es kommen ja immer Leute vorbei, na, im Wald laufen hat wirklich Vorteile. Endlich finden wir wieder ein schattiges Plätzen mit ein paar Steinbänken, auf denen wir uns niederlas- sen können. Zum Glück haben wir noch unsere eingeschweißten Brote vom Flieger, die noch in den Rucksäcken vor sich hinschmelzen, aber wenn es hier nirgends etwas anderes gibt, hat man keine Wahl. Eine nette Amerikanerin gesellt sich zu uns, der es genauso geht. Und so haben wir ein bisschen Spaß zusammen, ganz anders als mit den restlichen deutschen Pilgern, die meistens grußlos vorbei gehen. Gut gestärkt und eingecremt laufen wir nach einer kleinen Weile weiter, immer schön auf den Stegen und die Sonne im Nacken. Nach etwa einer weiteren Stunde finden wir endlich ein hübsches Strandcafé, oh wie freue ich mich vielleicht auf einen kühlen Sangria und ein wenig Käse! Leider ist nichts von beidem zu bekommen, sie haben nur Wasser, Sprite, Cola oder eventuell noch Bier, auch nichts Richtiges zum

Essen. Na, dieses Jahr ist eben alles anders, also dann eben ein Bier, können wir ja auch gut genießen. Zum Mitnehmen wenigstens noch ein Eis und wir schweben doch wieder glücklich davon. Jetzt geht es über eine Straße einen Berg hinauf, ziemlich hoch hinauf, aber endlich durch einen Wald mit vielen wunderschönen Eukalyptus Bäumen. Wir müssen einen Flusslauf überqueren und schauen auf einen kleinen Wasserfall, ach es ist so wunderschön, durch die Wälder zu wandern, dabei dachte ich, am Meer ist es viel schöner. Es hat natürlich beides etwas Besonderes, aber die Abwechslung mit dem Wald ist schon etwas Gutes. So überqueren wir diesen Berg und laufen auf der anderen Seite wieder am Meer weiter. Beim Hinunterlaufen begegnen uns dann auch mal wieder ein paar Pilger, auch dieses koreanische Paar, das wir gestern schon genauso turtelnd in Porto gesehen haben. Wir sind schon ziemlich k.o., aber die beiden laufen tänzelnd davon, als ob sie gerade erst losgegangen wären und nicht so wie wir auch schon fast 20 km hinter sich haben. Wahrscheinlich sind wir wohl doch ein wenig älter, *ha ha...*

Auf der anderen Seite, wieder am Strand, halte ich es nicht mehr länger aus, ich muss ins Wasser. Den ganzen Tag habe ich mir das jetzt angesehen, nun muss ich rein in den Atlantik. Ich ziehe meine Schuhe und Socken aus und laufe durch den Sand, wie auf Wolken, was für eine Wohltat! Meinen Badeanzug und ein kleines Reisehandtuch habe ich natürlich dabei, obwohl man eigentlich gar nichts braucht, es ist kein Mensch weit und breit zu sehen. Fantastisch! Ich renne voller Elan zum Wasser und denke, dass es gar nicht so stürmisch aussieht. Ich schaffe es aber nur bis zur ersten Welle hinein und habe so

zu tun, wieder rauszukommen, weil der Sog wirklich stark ist.

Ich renne also immer wieder rein und gleich wieder raus, denn die zweite Welle möchte ich nicht erwischen, dann wäre ich gleich viel zu weit draußen und würde nicht mehr zurückkommen, ziemlich gefährlich! Außerdem ist es auch richtig kalt, vielleicht ca. 14 bis 15 Grad Wassertemperatur, aber nach 25 km genau das Richtige. Es ist ja auch niemand da, der mich retten könnte, Leni bleibt angezogen und kann mit ihren Schuhen auch nicht durch den Sand laufen. Ich bin jedenfalls mehr als glücklich, so ein tolles Bad zu haben, dass mir alles andere egal ist, es ist einfach nur fantastisch!

Anschließend ziehe ich meine Sandalen an, die ich auch im Rucksack mithabe. Damit kann ich auch gut die letzten paar Kilometer laufen, ohne Blasen zu bekommen.

Wir haben uns auch nicht weiter verlaufen, und unsere 29 km geschafft, als wir endlich zum Hotel kommen. Natürlich haben wir beide einen ganz schönen Sonnenbrand, Leni ein bisschen mehr, bei mir sind es nur meine Waden, die ich natürlich vergessen habe, hinten einzucremen. Na da müssen wir wieder ein wenig leiden, auch gut und passend zum Pilgern. Es gibt im Hotel leider kein Abendessen und wir dürfen noch ein paar hundert Meter zum Restaurant gehen, aber es lohnt sich. Das Essen ist wirklich sehr lecker und nobel. Leni hat einen tollen Fisch, ich ein super Steak, das passt zum guten Tages Ende. Nur werden wir ständig belehrt, dass nur ein Glas Wein inklusive ist, na ja, das hält uns auch nicht ab, noch ein zweites zu trinken, und das Wasser dürfen wir auch extra bezahlen, ist eben nur ein Getränk dabei. Das war in Spanien im vergangenen Jahr anders, wo der Kellner nur immer fragte: „Rot oder Weiß?" und immer gleich eine Flasche brachte, inklusive Wasser. In Portugal ist es eben nicht so, aber wir sind trotzdem glücklich und zufrieden. Es hat heute alles gut geklappt und wir haben es mal wieder geschafft, wie schön, dann kann es morgen weiter gehen.

So genießen wir nun unser Hotel Zimmer, freuen uns, dass wir eine Dusche und ein ruhiges Bett haben und erholt schlafen können.

–

Für Inge und Hannes war es schon der zweite Wandertag, den sie heute geschafft haben. Sie waren ganz früh am Morgen aufgebrochen. So richtig toll war es dann doch nicht, in der einfachen Herberge zu schlafen. Irgendwer war immer am Schnarchen, oder die Betten knarrten, wenn man sich umdrehte und auch sonst noch alle möglichen Geräusche ließen einen immer wieder erwachen. So standen sie also besser schon gegen 5.00 Uhr auf und liefen los und in den Morgen hinein. Erstaunlicherweise waren sie auch wieder einigermaßen fit, nur leider gab es kein Frühstück und so früh hatte ja auch noch kein Supermarkt geöffnet. So trabten sie schweigend die Holzbohlenwege, immer schön am Atlantik entlang. Nach ihrem gestrigen Tag war der Gesprächsbedarf erst mal erschöpft, und ohne Kaffee am Morgen konnte Hannes noch nicht viel sprechen. So liefen sie, Inge immer vorneweg, damit Hannes nicht merkte, wie ihr Bein schmerzte. Sie trafen immer wieder auf Pilger die auch schon früh unterwegs sind. Na, es war ja üblich, dass man als Pilger früh in den Sonnenaufgang hinein läuft, da gibt es das richtige Pilgerfeeling.

So auch bei Hana und Min. Sie hatten in ihrer Herberge ebenfalls nicht so glücklich geschlafen und sind somit auch sehr früh aufgebrochen. So konnten sie ihre Zweisamkeit genießen und glücklich vor sich hin turteln. Sie winkten dem Paar, das sie ja am Anfang ihrer Reise im Bus getroffen hatten, zu und die beiden verschwanden so schnell hinter der nächsten Biegung, wie sie aufgetaucht waren. Hana wollte auch unbedingt am Atlantik entlang wandern, Min war zwar anderer Meinung und wollte gern die kürzere Route im Hinterland nehmen, aber er wollte nicht streiten und war auch so zufrieden. So erreichten alle ihre Ziele, jeder kam in seiner gewählten Herberge an. Hannes hatte die heutige Tour gut geplant, sodass diese auch nicht zu lang war. Nur mit dem Essen war es etwas schwierig, ehe sie endlich einen Supermarkt zum Einkaufen gefunden hatten, waren sie schon fast verhungert. Sie kauften nun ein bisschen mehr ein, damit es dann auch noch zum nächsten Frühstück reichte und sie am nächsten Tag etwas besser los wandern konnten.

Hana hatte zum Glück gut vorgesorgt und viele kleine abgepackte Lebensmittel aus ihrer Heimat eingepackt, sodass sie nicht nur von Luft und Liebe satt wurden, obwohl sie ja davon genug hatten...

Für Hannes und Ingeborg war dieser Tag jedenfalls schon mal ein wenig besser als der vorherige. Es waren zwar doch wieder viele Kilometer, aber nachdem man dann sein Tempo gefunden und sich erst mal eingewandert hatte, dann lief s.

Dienstag, 2. Tagesetappe

Vila do Conde nach Esposende

Auf geht`s weiter nach Esposende, wieder fast 30
Kilometer heute, das schaffen wir nie....
Heute weckt uns der pure Sonnenschein, der in
unser Zimmer scheint und uns auf der Nase kit-
zelt – zum Glück auch, sonst hätten wir bestimmt
verschlafen. Leni springt schon gleich aus dem
Bett und rennt ins Bad, noch sind wir ja einigermaßen fit. Ich kann dafür schon mal ein paar
sportliche Dehnübungen machen, dass das auch
so bleibt, Ordnung muss sein. Anschließend aber
ab zum Frühstück und vorher noch schnell die
Koffer abgeben. In diesem Jahr geht das mit dem
Koffer immer wieder packen schon viel besser!
Das Frühstück ist heute ziemlich lecker, Leni ist
damit jedenfalls sehr zufrieden. Wir machen uns
aber auf alle Fälle etwas zum Mitnehmen fertig,
damit wir nicht wieder hungern müssen, so wie
gestern – falls wir wieder kein Gasthaus finden.
So trödeln wir und starten endlich gegen 9.30 Uhr
zu der nächsten 30 km Tour, nicht gerade vor-
bildliche Pilger, die in den Sonnenaufgang laufen,
das werden wir wohl nie schaffen, ha, ha...
Vila do Conde ist ziemlich groß und wir laufen
und laufen, immer nur durch die Stadt, das ist
schon mal nicht so schön, zwar geht es dauernd

am Atlantik entlang, aber eben auf einer hässlichen Asphaltstraße und immer schön in der Sonne. Man kann sich auch verschiedene abgeteilte und dadurch geschützte Badebuchten ansehen, da wir aber gerade losgelaufen sind, ist noch keine Badepause drin. Ich kann mir das kaum noch ansehen, so furchtbar schade! So geht der eine Ort zu Ende und ein nächster fängt an, das geht mir ganz schön auf die Nerven! Nicht mal zum Shoppen gibt es was, und ein paar nette Leute zum Quatschen treffen wir auch nicht. Man fühlt sich wie ein normaler Tourist und Strandurlauber, aber nicht wie ein Pilger, auch komisch! Wir laufen und laufen, wunderschöne Küste und die Sonne brennt. Wir sind heute auch extra mit langer Kleidung, also volle Montur, unterwegs, da man sonst völlig verbrennt. Mittlerweile sind es auch so fast 30 Grad in der Sonne. Wir haben beide ja schon einen Sonnenbrand von gestern. Meine Waden hat es hinten ganz schön erwischt, die hatte ich ja nicht so richtig eingecremt. Bei Leni sind es die Oberarme und der Nacken. Endlich finden wir im nächsten Ort ein paar Geschäfte, wo Leni sich nun einen schönen Sonnenhut kauft, um Gesicht und Nacken zu schützen. Mehr finden wir aber nicht. Keine Pilgermuscheln, T-Shirts oder ähnliche Pilger Andenken. Kaum einer sagt „Bom Caminho" und ein paar andere Pilger laufen stumm an uns vorbei, die meisten laufen allein und wirken irgendwie gestresst, haben es wahrscheinlich sehr eilig, um sich ihren Platz in der nächsten Herberge zu erkämpfen, na ja, wir gehen ganz gemütlich...

Endlich haben wir den langgestreckten Ort hinter uns gelassen und laufen nun wieder die schönen Holzbohlenwege direkt am Ozean entlang.

Zum Glück wechseln sich Sonne und Wolken jetzt ab, sodass es im Moment nicht zu heiß ist. Wir würden gerne mal eine Pause machen, aber weit und breit ist wieder nichts zu entdecken, was irgendwie nach Gasthaus aussieht. Endlich finden wir eine durch eine Steinmauer geschützte Steinbank, wo wir uns niederlassen können. Heute haben wir ja unseren Proviant dabei und genügend Wasser auch noch, welches wir auch artig trinken. Na ja, hier in Portugal an der Küste ist das Feeling für den Jakobsweg noch nicht so angekommen.

Zu uns gesellt sich eine nette Dame, die auch dringend was zum Pause machen sucht (vor allem suchen wir alle eine Toilette). Die Dame ist aus Australien und ganz allein unterwegs. Ich glaube, wir haben sie am ersten Tag beim Losgehen schon mal gesehen oder es kommt mir nur so vor, da man ja immer alle wieder trifft, das hat der Jakobsweg so an sich. Also schwatzen wir ein bisschen mit ihr und freuen uns, dass sie dann doch schnell aufbricht und wir, eine nach der anderen hinter den Steinen mal verschwinden können. Nun können wir erleichtert vom Reiseproviant und auch von anfallenden Körperflüssigkeiten weiterlaufen.

Es geht endlich mal ein wenig weg vom Strand, durch den Wald. Ach, wie ist das wunderbar, mal wieder einen weichen Waldweg zu laufen und den Duft von Eukalyptus Bäumen einzuatmen. Hier wird es auch mal ein bisschen voller und man trifft andere Pilger. Vor uns läuft ein süßes Paar, die ganz lieb beide umher turteln und zu tun haben, sich gegenseitig zu fotografieren. Beim Vorbeilaufen erkennen wir die beiden, als die Koreaner, die uns in Porto schon über den Weg gelaufen sind. Wir begrüßen sie mit einem frohen „Bom Caminho", auf Portugiesisch, und winken ihnen zu. Sie winken uns zurück und sagen etwas, das wir nicht verstehen und haben dann wieder mit sich zu tun. Wir überholen die beiden, schmunzeln vor uns hin und denken daran, wie schön es ist, jung und verliebt zu sein. Aber wir laufen zügig weiter und quälen uns schon ganz schön, um voranzukommen.

Es gibt immer noch keine Gaststätte zum Pause machen und die Kilometer ziehen sich lang hin. An der nächsten Abbiegung wundern wir uns nur, dass die beiden Koreaner schon wieder fröhlich vor uns her turteln, irgendwie kommt uns das doch komisch vor, da müssen wir wohl eine Abkürzung verpasst haben. Kein Wunder, dass wir hier bald umfallen und die Anderen so fröhlich vorbeiziehen. Wir sind schon ziemlich fertig und haben noch viele Kilometer vor uns, es nimmt einfach kein Ende! Mittlerweile sind auch kaum noch andere Pilger unterwegs.

Wir streiten uns schon, ob wir überhaupt den richtigen Weg genommen haben oder nicht. So geht regelmäßig eine vor und die andere hinterher, oder umgekehrt. Leni hat schon eine Blase unter dem Fuß und starke Schmerzen in den Beinen, wegen den Krampfadern, und möchte deshalb gern eine Pause machen und irgendwo sitzen. Sie sucht deshalb ständig im Handy über Google nach neuen Wegen und Abkürzungen, die sich aber immer wieder als Flop rausstellen, wodurch ich etwas genervt bin.

Ich weiß nur eins: dass unser Hotel 4 Sterne und einen Pool hat und auch einen Strand in der Nähe sein soll, also laufe ich wie besessen immer schneller, ohne auch nur ein bisschen Rücksicht auf Leni zu nehmen. Vor meinem geistigen Auge sehe ich mich schon im Pool schwimmen und auf der Liege mit einem kalten Sangria mich erholen, das stachelt mich so an, dass ich keine Zeit verlieren möchte um schnell endlich anzukommen. Und irgendwo hinsetzen will ich mich schon gar nicht, denke auch, dass ich dann gar nicht mehr aufstehen kann. Wir haben zwar den Ort erreicht, aber der ist so langgezogen, dass weder Häuser noch Hotels noch Strand zu entdecken sind wenigstens eine einzige Gaststätte (falls wir doch noch Pause machen wollen, für einen kalten Sangria hätte ich mich vielleicht noch überreden lassen). So rennen wir weiter und streiten uns darüber, ob wir uns auf irgendwelche Steine setzen sollten oder nicht. Wir sind beide am Ende unserer Kräfte. So entscheidet sich Leni, sich auf einen Stein zu setzen und ein paar Minuten zu verschnaufen und ruft mir nur wütend zu: „Dann lauf doch weiter, ich muss jetzt ausruhen!" Ich bin auch wütend und renne weiter, dem Pool entgegen! Eigentlich ärgere ich mich über mich selber und meine, dass ich eine so blöde, rücksichtslose Reaktion zeige, aber nach fast 35 km ist man wohl nicht mehr ganz zurechnungsfähig.

Nach ca. 100 Metern sehe ich dann endlich eine Gaststätte, überlege kurz, reinzugehen und hier auf Leni zu warten, aber ich kann einfach nicht mehr denken und mir fällt schon gar nicht ein, mein Handy zu benutzen. Ich sehe sie noch in der

Ferne ganz schwach auf dem Stein sitzen und renne einfach weiter. Es ist nun wirklich soweit - nach einem letzten Kilometer erreiche ich dann das Hotel. Ich stürme hinein. Ich melde mich kurz an der Rezeption und frage nur nach dem Pool, indem ich erkläre, dass meine Mitpilgerin noch kommt und wir dann einchecken. Der junge Mann an der Rezeption sagt mir darauf, dass der Pool gleich um die Ecke sei. Mit letzter Kraft krauche ich dorthin und stelle fest, dass die Terrassentür, die nach draußen führt, verschlossen ist. Na toll, das auch noch! Ich laufe nun noch wütender den ganzen Gang weiter, um auf der gegenüberliegenden Seite vielleicht durch die andere Tür zu kommen. Fehlanzeige!! Alles dicht, und sowieso auch kein Mensch draußen zu sehen. So schleiche ich dann fast schon mit Tränen in den Augen zurück zur Rezeption. Ich frage nochmal nach, und der junge Mann zuckt mit den Schultern und sagt: „Ist dann schon zu!" Jetzt brauch ich aber dringend einen Sangria oder ich falle um. Aber es soll nicht sein, die Bar hat auch noch zu! Nun weiß ich nicht mehr, wo mir der Kopf steht, fahre mit dem Fahrstuhl (der zum Glück funktioniert) nach oben ins Zimmer, um mich sofort kalt zu duschen, oder auch warm, oder irgendwie! Leider funktionierte natürlich diese Dusche auch nicht wie erwartet, dann doch nur kalt und so, dass das ganze Bad unter Wasser steht. In diesem Moment kommt Leni rein, und steht knöcheltief im Wasser....

Wir sind beide nach wie vor ziemlich sauer, ich muss nun mit allen Handtüchern erst mal das Wasser wegwischen. Leni kann nicht mehr duschen und ist jetzt richtig traurig vor Angst, den restlichen Weg einfach nicht mehr zu schaffen. So schleichen wir dann zum Essen, das zum Glück heute im Hotel, nur die Treppe hinunter ist – trotzdem ein ganz schön großes Hindernis. Aber wir schaffen das! Nun sitzen wir einigermaßen beruhigt am Tisch und stellen fest, dass das Hotel doch ganz nett ist. Endlich bekommen wir unsere Getränke, Wasser und ein Glas Wein, was uns auch heute total ausreicht, da wir fix und fertig sind und gleich nur noch ins Bett wollen. Das Essen ist dann trotzdem lecker, und wir erholen uns so langsam, wir sprechen nun noch über den komischen Tag, entschuldigen uns beieinander und sind uns dann einig, dass der Weg unsere Freundschaft ganz schön auf die Probe stellt. Na, hoffentlich haben wir diese Probe überstanden und raufen uns wieder gut zusammen. Wir wollen es auf alle Fälle gemeinsam schaffen, uns nicht unterkriegen lassen und versuchen, es ein wenig entspannter anzugehen.

Einigermaßen zufrieden mit unserer Aussprache schlafen wir nun schnell tief und fest ein. Ich träume schon nur noch vom Laufen! Na, dann bis morgen!

Mittwoch, 3. Tagesetappe

Esposende nach Viana de Castello

Heute geht's von Esposende nach Viana de Castello! Wir haben beide richtig gut geschlafen und
sind erstaunlicherweise wieder einigermaßen fit.
Leni zeigt mir ihre dicke Blase unter der Fußsoh-
le, die wir erst mal mit einem Blasenpflaster ver-
arzten. Zum Glück haben wir eine gute Reiseapo-
theke dabei und die Pflaster sind noch von der
Wanderung im letzten Jahr übriggeblieben, da wir
damals keine gebraucht haben. Man weiß nicht,
woran es liegt, dass mit den gleichen Socken und
Schuhen nun auf einmal eine Blase entsteht, aber
es passiert, was passieren soll, so ist es nun mal
gerade auf so einem Weg. Ich verstehe jetzt noch
mal besser, dass Leni da gestern höllische
Schmerzen hatte.
Nun müssen wir uns wieder richtig beeilen, unsere Koffer pünktlich nach unten zur Rezeption
bringen, was sich doch als ein wenig schwierig
abzeichnet. Es reichen schon ein bis zwei Stufen
und man fühlt wieder jeden einzelnen Muskel,
aber wir schaffen auch das und gehen dann ganz
langsam zum Frühstück. Vorbei an der Rezeption,
wieder einen langen Gang entlang, der bestückt
ist mit wunderschönen Auslagen von handgefer-
tigtem Schmuck. Schon der Anblick zaubert uns

ein Lächeln ins Gesicht (aber jede geht still und heimlich für sich), keine will natürlich zugeben, dass man bei Anblick von goldenen Sachen ein bisschen glücklich wird und natürlich ans Kaufen denkt.

Strikt schlurfen wir vorbei hin zum ersehnten Frühstück! Völlig entspannt sitzen wir bestimmt eine Stunde am Tisch und genießen alles, was wir so zum Essen finden, und machen uns auch den Reiseproviant fertig, denn wir wissen jetzt, dass wir genügend brauchen, um ausreichend Pausen machen zu können. Wir haben heute wieder so knapp 30 km vor uns und wollen es dementsprechend ruhig angehen, damit wir das auch wieder schaffen. Als ich mich so umsehe, stelle ich fest, dass alle anderen wirklich schon weg sind, und ich denke, wenn wir nicht bald los gehen, werden wir wohl heute erst im Dunkeln ankommen, aber: alles entspannt....

Wir bummeln nun den Gang zurück und mir springt dann direkt eine super schöne goldene Kette ins Auge, die genau zu mir passen könnte. Nachdem wir im Zimmer unsere Rucksäcke gepackt haben, stehen wir wieder an der Rezeption und möchten auschecken. Nun halte ich es doch nicht mehr aus und erkundige mich nach dem Schmuck und würde mir gerne die Kette „nur mal anschauen". Leni sieht entzückt zu und ruft mir zu: „Das ist genau deine Kette, die musst du kaufen", hat sich aber im selben Moment auch schon eine ausgesucht. Wir lachen uns kaputt und kaufen uns natürlich, ohne groß zu überlegen, jede ihre Kette. Es sind speziell handgefertigte, herrliche Sachen, die hier hergestellt werden, und da wir ja nicht wieder dorthin zurück kommen, müssen wir ganz einfach zuschlagen, *ha, ha...*

Nun wandern wir glücklich, als allerletzte Pilger, endlich so gegen 11 Uhr los aus dem Hotel!

Heute wird es bestimmt wieder schön warm und täglich grüßt das Murmeltier: wir laufen erst mal wieder durch einen ziemlich langen Ort, weiter auf einer schönen Promenade an der Küste entlang, und die Toilettenauswahl ist wieder wie gewohnt sehr schwierig. Aber nachdem wir versuchen, in eine angepriesene öffentliche Toilette zu gelangen, die leider geschlossen ist, rufen uns ein paar ältere Herren auf der anderen Seite, und winken uns zu sich rüber. Sie zeigen auf ein Gebäude, das sich als ein Bürgertreff herausstellt, und in dem sich eine schöne Toilette befindet, na welch ein Glück... Nachdem wir wieder endlose Holzbohlen Stege entlanglaufen, wird die Sonne immer heißer und ich bin mal wieder traurig, nicht in den Atlantik tauchen zu können. Endlich biegen wir ab in schön bewaldetes Gebiet. Wundervoll! Nun überqueren wir einen kleinen Flusslauf, vorbei an einem großartigen Wasserfall, dann hinauf auf den Berg, immer umrahmt von Eukalyptus Bäumen in einem schönen Wald. Endlich fühlen wir uns auf dem Jakobsweg ange-

kommen und genießen wieder das besondere Feeling des Weges. Ich stelle erneut fest, dass es
doch schöner ist, durch Wald und über Berge zu
laufen, als an der Küste entlangzugehen und immer der Sonne ausgeliefert zu sein. Man fühlt
sich dort wie ein Urlauber mit all den anderen
Touries, Urlaubern und den vielen Autos, die an
einem vorbeirauschen. So müssen wir nun ordentlich Berg hoch und runter wandern und fühlen uns doch pudelwohl.

Nachdem wir nun doch schon endlos Berg hoch
und runter laufen, würden wir ganz gern irgendwo einkehren, um ein bisschen Mittagspause zu
genießen. Aber wie kann es anders sein, auf diesem Weg kommt einfach nichts! Unten am nächsten Berg sehen wir nun endlich ein großes Schild
leuchten, mit der Ankündigung auf ein Restaurant oben auf dem Berg. Also traben wir mutig
den Berg mit zügigen Schritten nach oben, um in
das versprochene Gasthaus nach 1 Kilometer zu

kommen. Auf der Mitte gabelt sich der Weg, und wir hätten normalerweise nach links und wieder leicht nach unten gehen müssen. Es steht aber wieder das Schild mit dem Wink zum Restaurant, natürlich weiter nach oben, den anderen Weg. So, gehen wir nun nach oben, weitere 300 Meter oder auf unserem Weg weiter den Berg runter?" Nach kurzem Überlegen sagen wir wie aus einem Mund: "Nach oben ins Restaurant, egal wie weit es ist, wahrscheinlich werden wir mit einer schönen Aussicht belohnt." Es sind natürlich wesentlich mehr als 300 Meter und wir kriechen nun sehr schleppend dorthin. Und natürlich: Geschlossen!

Ooh, wir sind so enttäuscht!

Wütend stampfen wir wieder den Weg hinunter bis zur Gabelung und dann weiter, durstig und hungrig...

Als wir unten ankommen, leuchtet uns schon wieder ein Schild an: "Hier ist eine Herberge für Pilger des Jakobsweges". So, da muss jetzt aber offen sein, vielleicht gibt es ja auch ein paar Pilgerbrote und Wein? Also stürmen wir hinein, zuerst mal gleich an der Rezeption vorbei auf die Toilette. Es ist alles sehr sauber und ordentlich, sogar zwei Duschen sind da, na ja, wenn dann schon zwanzig Mann geduscht haben, möchte man nicht der letzte sein! Beim Rausgehen kann ich noch einen Blick auf die tollen Doppelstockbetten mit hässlichen roten Sackvorhängen werfen, wieder mal denke ich, was für ein Glück, in einem Hotel zu schlafen. Wieder draußen hat Leni sich schon einen Platz auf den bunt angestrichenen Bänken ausgesucht und unsere restlichen Brote ausgepackt, es gibt nämlich dann doch nichts zu essen, da man sich in den Herbergen selbst versorgt. Was ist das hier bloß für ein Pilgerweg? Ich stürme gleich mal an die Rezeption zu dem netten älteren Herren, na ja, vielleicht war er auch ein bisschen jünger. Ich frage ihn: „Do you have some glass of wine here?" Er antwortet: „No, I only have a bottle of wine." Ich grinse und sage: „Very nice, I would like two glasses of wine." Er sagt: „I only have a bottle, not glasses." Es dauert ein wenig, bis bei mir der Groschen fällt, aber ich sage erst mal: „Not a problem, I take the bottle." Aber irgendwie missverstehen wir uns, denn er beteuert wieder, dass er keine Gläser hat. Jetzt habe ich aber die Nase voll, und schreie ihn schon fast an, er soll mir endlich die Flasche rausrücken mit oder ohne Gläser! Nun lacht auch er und stellt mir die geöffnete Flasche auf den Tisch und zaubert auch gleich zwei Gläser dazu. Ah, jetzt verstehe ich, er meinte, dass er keinen Ausschank an offenem Wein hat – und uns aber die ganze Flasche verkaufen wollte! Wir sahen wohl doch ganz schön durstig aus...

Draußen erzähle ich das Leni und wir lachen uns mal wieder kaputt und gießen uns gleich mal den Wein ein, um endlich unsere Mittagspause zu genießen. Nach der ausgiebigen Pause können wir nun wieder mal glücklich davon schweben. Wir haben natürlich nicht die ganze Flasche getrunken, wäre ja auch bei 30 Grad ein bisschen ungünstig zum Weiterlaufen, so haben wir die Hälfte schön in unsere leeren Wasserflaschen gefüllt, wer weiß, wo wir hier wieder was bekommen.

Endlich treffen wir auch andere Pilger, die uns ein freundliches „Bom Caminho" wünschen, na, geht doch! Wir laufen wieder durch wunderschöne Eukalyptus Wälder, Berg hoch und runter. Endlich sehen wir schon von weitem eine Art Pilgerstand. Ein Mann hat hier vor seinem Grundstück ein paar Sonnenschirme, Tische und Stühle aufge-
stellt und bietet allerhand Leckeres zum Essen und Trinken an, nach dem Prinzip: man isst und trinkt, was man möchte und gibt, was man kann! Das hatte ich schon vermisst. Es sind auch schon allerhand Pilger dort. Der erste, der schon Platz genommen hat, ist ein Mann aus Deutschland, der uns gleich einlädt, Platz zu nehmen. Er sagt, „Wir können hier alles essen und alles umsonst, ohne zu bezahlen." Na, wenn ich nicht selbst

deutsch wäre, würde ich sagen, „typisch deutsch". Da fühlt man sich einfach nicht so „richtig wohl". Der Besitzer macht viele Späße und begrüßt singend die Pilger, die kommen und gehen, er hat auch allerhand selbstgemachte Taschen und allerhand unwichtige Sachen zu verkaufen. Auch ein QR-Code für Facebook ist dabei und ein Buch, in dem man sich als Pilger verewigen kann, bevor man ihn auf Facebook liked. Wir sitzen eine Weile, tragen uns natürlich auch in sein Gästebuch ein, machen genügend Fotos mit ihm und liken auch bei Facebook. Natürlich geben wir auch genügend Geld in seine Box, unsere Pilgerspende, für den deutschen Mann neben uns gleich mit, der sich ganz schnell verabschiedet. Nun kommt ein Paar vorbei, das wir auch schon vom Sehen kennen und schon ein paar Mal getroffen haben. Sie erzählen uns, dass sie eine lange Reise von Korea gemacht haben, um den Jakobsweg zu laufen, damit sich alle ihre Wünsche erfüllen, sie sind nämlich im Honeymoon und wünschen sich alles Glück der Welt. Sie stellen sich vor als Hana und Min, und Hana holt auch gleich ein paar koreanische Süßigkeiten hervor, die sie extra für diese Reise mitgenommen hat, als Glücksbringer...

Wir freuen uns sehr darüber, endlich wieder Kontakt zu netten Pilgern zu haben. Wir erzählen eine ganze Weile, machen Späße gemeinsam und erfreuen uns an dem glücklichen Paar. Sie erzählen uns von ihren Erfahrungen auf dem Weg und dass sie auch ein älteres Paar getroffen haben, die wohl schon ewig verheiratet sind, jedenfalls streiten sie laufend, und Hana sagt, dass sie doch hoffentlich nicht so werden möchten, und kichert dabei ganz süß. Die beiden haben streitend einen anderen Weg genommen, mehr durchs Inland, das ist wohl kürzer und angeblich gibt es da mehr zu sehen.

So laufen auch Hana und Min wieder turtelnd davon, sie haben es ja ein wenig eiliger, sie müssen sich ja immer noch Unterkünfte suchen, na, ob das so toll ist für den Honeymoon?

Wir machen uns auch wieder auf unseren Weg, schließlich haben wir heute schon genug getrödelt. Es geht also weiter im Text, immer durch den Wald, und den Berg hoch und runter. Als wir mal wieder einen Berg hoch schnaufen, klingelt mein Telefon. Nanu, wer will denn jetzt was von mir? Es ist ja schon gegen 18 Uhr und vielleicht ist ja im Betrieb irgendwas? Also gehe ich gleich ran und verstehe erst gar nicht, wer dran ist oder was los ist. Es ist ein Mann, der natürlich in Englisch sagt, dass er uns vermisst. Ich bin erst mal sprachlos und kann das irgendwie gar nicht zuordnen, wer vermisst mich denn hier? Und wer weiß denn von hier, wo ich bin? Aber gut, nach kurzem Hin und Her klärt es sich auf: es ist der Besitzer von unserem heutigen Hotel, der sich erkundigt, ob wir heute noch kommen oder ob uns was passiert sei? Ich bin ganz schön überrascht, doch auch irgendwie beruhigt, dass uns doch jemand vermisst und wir auf unserem Weg nicht ganz allein gelassen werden. Vielleicht will er auch einfach nur Feierabend machen, und fragen, ob sich das noch lohnt auf uns zu warten. Ich sage ihm, dass wir noch ca. eine Stunde brauchen, und er sagt ganz verwundert, dass üblicherweise alle Pilger gegen 17 Uhr da sind. Da bilden wir Trödelfritzen wohl die Ausnahme, trotzdem gut zu wissen, dass jemand nachfragt. Also auf zum Endspurt!!

Als wir wieder unten angekommen sind, haben wir nur noch eine Brücke zu überqueren. Als Leni diese Brücke sieht, ruft sie sogleich, dass sie nie und nimmer da rüber gehe! Es ist so eine typische portugiesische Riesenbrücke mit zwei Etagen, die überaus gewaltig aussieht. Nur mit viel gutem Zureden geht es auf die Brücke, da auch Leni einsieht, dass wir keine andere Chance haben. Die Brücke ist wirklich so riesig, unglaublich, und ca. 2 km lang. Es gibt auch keinen extra Fußweg, sondern nur eine Markierung zum Laufen, und die Autos fahren uns fast um, wirklich grausam! So schnell haben wir wohl noch nie 2 km geschafft. Auf der Etage unter uns fährt auch noch ein Zug, und wenn uns dann noch jemand entgegenkommt, wird es schwierig. Wir kommen dann doch wieder ziemlich k.o. an unserer kleinen, aber sehr netten Pension an. Nun müssen wir zügig duschen und zum Essen in ein Restaurant, das 100 Meter entfernt sein soll, die aber, wie kann es anders sein, mindestens 300 Meter sind. Dafür werden wir mit super Fisch zum Essen belohnt. Allerdings ist der Kellner ziemlich unfreundlich und grummelig und als er uns dann auch noch eine Flasche Wein aufmachen muss, haben wir das Gefühl: er hat Angst, wir könnten zu lange hier sitzen und er kann keinen Feierabend machen. Also in Portugal ist alles anders!

Wieder im Hotel fallen wir wie tot ins Bett und schlafen auch gleich ein. Zum Glück kann ich in diesem Jahr trotz der Anstrengungen gut schlafen, muss wohl an der Meeresluft liegen.

Nur gut, denn in diesem Jahr haben wir uns keine Einzelzimmer gegönnt, da es bei zwei Wochen doch ein erheblicher Preiszuschlag gewesen wäre. Und man möchte ja immer auf den Anderen Rücksicht nehmen und kann nicht die ganze Nacht Theater machen. Das ist eine neue Herausforderung, die aber zum Glück, bis jetzt jedenfalls, sehr gut klappt. Und hoffentlich wird das auch bis zum Ende der Reise so bleiben.

–

In den letzten zwei Wandertagen mussten sich Hannes und Ingeborg auch immer wieder neuen Herausforderungen stellen. Ständig waren sie anderer Meinung, welchen Weg sie einschlagen

und das wievielte Kloster oder andere alte Ge-
mäuer sie sich anschauen wollten. Das war schon
sehr anstrengend und beide hatten ganz schön zu
tun, sich keine Schwäche einzugestehen. Das gab
natürlich immer wieder Streit, wer Recht hätte
und wer den besseren Weg, die bessere Herberge
usw. aussuchen könnte. So bogen sie gleich hinter Vila do Conde ins Hinterland ab. Auf kleinen,
etwas gefährlichen Pfaden ging es dann über die
Berge und durch ziemlich unübersichtliche Wälder nach S. Pedro de Rates und weiter nach
Barcelos und Pont de Lima. Es gab zwar für Hannes überall ein bisschen was an geschichtlichen
Sachen zu sehen, aber da, wo man Eintritt bezahlen musste, ordnete Ingeborg schnelles Weitergehen an. Mürrisch folgte Hannes, was blieb ihm
anderes übrig. Die einfachen Herbergen dienten
ebenfalls nicht gerade der nächtlichen Erholung
und so waren beide immer noch ganz schön an-
gespannt. Außerdem war es in den Herbergen ja
oft auch üblich, abends gemeinsam Essen zu machen, wobei jeder was dazu gab und alle einen
netten gemeinsamen Abend hatten. Das war aber
auch nichts für Ingeborg, so hielten sie sich da
auch immer etwas fern, um nicht noch was von
ihrem Essen und Getränken abgeben oder wo-
möglich noch für gemeinsame Einkäufe bezahlen
zu müssen.

   – *Ja, das wurde wohl nichts mit dem Pilgerfeeling. Man ist als Pilger auf ein einfaches Leben*

eingerichtet, aber wer nicht bereit ist, auch das Wenige zu teilen, kann auch nichts bekommen und auch keine Pilgererfahrungen machen, denn wie heißt es so schön, „Wer gibt, dem wird gegeben und wer nur nimmt, dem wird genommen." –

So wanderten sie also dahin, mal im Streit jeder für sich und mal gemeinsam, um die kleinen glücklichen Momente vielleicht doch noch zu erhaschen.

Donnerstag, 4. Tagesetappe

Viana de Castello nach Vila Praia de Ancora

So! Wie immer gut geschlafen, schnell aufgestanden, meine Frühsport- und Dehnübungen durchgeführt und ab zum Frühstück. Schnell noch die Koffer fertig machen und dann mit dem nicht vorhandenen Fahrstuhl wieder eine steile Treppe hinunter. Heute sind schon mal ein paar andere Pilger beim Frühstück, und man hört ein buntes Stimmengewimmel in verschiedenen Sprachen. Wir sind auch mal ein wenig schneller und mal nicht die letzten.

Heute ziehen wir schon gleich mal das Regencape über, da es ein bisschen nieselt und sehr wechselhaftes Wetter angesagt ist.

Wir sehen ziemlich lustig aus: ich habe ein knallrotes Cape an und Leni ein blaues. So laufen wir wie zwei dicke Tonnen davon. Hinter uns kommt gleich die nächste Tonne an und schließt sich uns

an. Eine lustige Dame aus Australien. Sie ist schon fast 70 Jahre und topfit und rennt wie ein Wiesel. Sie erzählt uns fast im Vorbeigehen: „I am Mrs. Krieger, Krieger like a fighter" und lacht! Sie sagt, sie habe in Madrid Urlaub gemacht, um dann den Jakobsweg zu gehen. Später will sie wieder nach Madrid fahren, weiter Urlaub machen. Manche Menschen sind schon verrückt. Ganz schnell erzählt sie uns ihre gesamte Lebensgeschichte in Kurzformat und rennt dann davon. Komisch, auf diesem Weg scheinen diesmal alle nur zu rennen, außer wir, wir trödeln und genießen. Langsam hört es auf zu regnen und wir können unsere Capes wieder ausziehen und warm ist es auch schon wieder. So laufen wir weiter an der Küste entlang auf unendlichen Holzbohlen Wegen, und laufen und laufen... Endlich entdecken wir eine geschützte Ecke mit einer Bank, auf der wir mal eine Pause machen und unsere vom Frühstück mitgenommenen Brote essen können. Auf diesem Weg ist eben alles anders. Nun gesellt sich mal wieder unsere nette Amerikanerin zu uns, der es genauso geht. Sie läuft auch allein und freut sich, mal wieder sitzen und ein nettes Gespräch führen zu können. Aber auch sie hat es dann ein wenig eilig und wandert wieder los.

–

Hana und Min liefen seit gestern stumm vor sich hin. Sie haben immer wieder gestritten, über den Weg, über die Herbergen, über eventuelle Pausen und über vieles andere auch.

Sie waren sich einfach nicht mehr einig – und das war so nicht der Plan. Hana hatte so viel von diesem Weg erwartet, Min wohl auch, aber eben beide etwas anders. Aber im Leben geht es nun mal hoch und runter, so auch auf so einem Pilgerweg. Erst sind die ersten Tage voller Emotionen, jeden Abend ist jeder glücklich, es wieder geschafft zu haben, dann weiß man nicht mehr, wie man am nächsten Tag weiterwandern kann, es kommen immer mehr Schmerzen dazu und man ist immer frustrierter und kommt ins Streiten über Kleinigkeiten. Irgendwie wusste Hana nicht mehr so genau, wo es damit hingeht. „Mal sehen, wie wir da durchkommen", dachte sich Hana. Es war ein bisschen so wie in einer Achterbahn, da weiß man ja auch nicht, welche Kurve als nächstes kommt, mal geht es hoch und mal hat man Angst beim Herunterrasen, aber immer in der Hoffnung auf ein Happy End.

Nun ja, seit gestern herrschte erst mal bei Hana Gesprächspause und sie trabte in ihrem eigenen Tempo ein ganzes Stück hinter Min her, wollte ihn einfach nicht sehen und ihm aus dem Weg gehen, mürrisch schimpfte sie vor sich hin und lief und lief, ohne nach rechts und links zu schauen. Sie wollten es heute bis kurz vor die

Grenze nach Spanien schaffen, damit sie morgen gleich die erste Fähre erreichen könnten. Min hatte ein bisschen abseits noch einen kleineren Grenzübergang gefunden, wo der Fluss, den man mit einer Fähre oder einem Boot überqueren musste, nicht so breit war, denn sie hatten ein wenig Angst, da beide nicht richtig schwimmen konnten. Er trabte also allein und in seinem Tempo los, ohne sich umzudrehen und auf Hana zu warten. Er wusste auch nicht recht, was dieser Weg so mit ihm machte und warum er so launisch reagierte. Sonderbar war ihm doch zumute, seine Hana allein zu lassen, und das noch auf der Hochzeitsreise. Aber Hana hatte ja auch den Plan, wo der Weg und die nächste Herberge drauf stand, da würden sie sich dann heute Abend wieder in die Arme fallen, so dachte er.

Hana hatte zwar den Plan und wusste auch, wo sie hinwollte, aber wie das so ist bei den Frauen, aus Wut ging sie trotzig so vor sich hin und kam dann irgendwie vom Weg ab. An einer Abbiegung in Richtung Ozean traf Hana dann zwei ältere Damen aus Deutschland, die sie ja schon kennengelernt hatte.

–

Das sind natürlich wir und wir wundern uns auch, dass ihr frisch angetrauter Ehemann fehlt. Leni fragt dann ganz erstaunt: „Ist denn was passiert? Ihr seid doch im Honeymoon, da streitet man doch nicht." Hana lächelt ein wenig gequält und meint nur, das sei bestimmt der Weg, der sie ein bisschen durcheinanderbringe. Nun hätte sie sich aber verlaufen und müsse irgendwie in ihre Herberge kommen. Wir schauen dann gemeinsam nach und stellen fest, dass Hana doch in eine andere Richtung laufen und ein paar Kilometer Umweg in Kauf nehmen müsse. Hana will unbedingt schnell in ihre Herberge zu ihrem Mann, so verabschieden wir uns und sie rennt los.

Wir ziehen nun auch weiter, immer an der Küste entlang. Mal kommt die Sonne, dann ist es sehr

heiß, dann wieder Wind und dann auch mal wieder ein Schauer. Als dann die Sonne dran ist, halte ich es nicht mehr aus und muss mal wieder ins Wasser. Natürlich wieder kein Mensch am Strand. Es sind riesig breite wundervolle Sandstrände, das ist schon toll. Das Wasser ist heute richtig eisig, aber egal, ich muss hinein. Also schnell eine Welle erwischen und immer gleich wieder hinaus, ist zwar kein Schwimmen, aber macht trotzdem viel Spaß! Wir genießen noch ein bisschen den Strand, na, so kann man es aushalten... Aber irgendwann müssen wir doch weiter, sonst sind wir wieder zu spät im Hotel. Ich ziehe erst mal meine Sandalen an, bis die Füße ganz trocken sind, denn Blasen durch den Sand kann ich mir nicht leisten. Ohne weitere Vorkommnisse erreichen wir einigermaßen pünktlich das Hotel. Im Prospekt steht, dass es hier diesmal ein Spa Bereich mit Sauna und Pool gibt, na, das will ich sehen!

Bisher haben wir ja mit solchen Sachen kein Glück gehabt, die Pools sind immer geschlossen gewesen. Diesmal aber sehe ich das Wasser im Pool schon von weitem leuchten und rufe: „Ich gehe gleich ins Spa und zum Pool." Da angekommen bin ich natürlich auch wieder ganz allein, was sehr angenehm ist, da es wirklich miniklein ist und auch nicht gerade deutschen Sauna Standard hat. Ich erhole mich und wärme mich schön durch, um anschließend in den Pool zu springen. Ich habe mir schon gedacht, dass der sehr kalt sein müsse, da die Pools hier ja nicht beheizt werden. Aber ich kann trotzdem ein paar Runden schwimmen und bin dadurch hinterher richtig fit. Wir müssen hier auch wieder einige hundert Meter laufen, um in die Gaststätte zu kommen. Es ist so zauberhaft, das Lokal liegt direkt am Ozean, wir suchen uns einen wundervollen Platz aus, es ist alles leer, na, vielleicht kommen noch ein paar, es ist ja noch sehr früh zum Essen. Wir wollen heute unbedingt einen Sangria trinken und den Ausblick genießen. Der Kellner ist aber davon nicht sehr angetan und auch wieder ein bisschen grummelig. Er sagt uns wie immer, es gibt nur ein einziges Getränk, und wir müssen uns dann durchsetzen, um den Sangria, den wir natürlich extra bezahlen, dann auch zu bekommen, schon komisch, hier in Portugal sind die Kellner nicht gerade geschäftstüchtig und auch immer ein wenig mürrisch. Aber was soll`s, wir essen einen sehr leckeren Bacalhau und sind ziemlich glücklich.

Nun schlendern wir noch durch den hübschen Ort, Leni kann genug Fotos machen, und wir beenden den Tag zufrieden im Hotel.

Freitag, 5. Tagesetappe

Ancora nach Oia – endlich nach Spanien!

Heute geht es über die Grenze nach Spanien. Mal sehen, wie das so funktioniert. Gut gefrühstückt, wie immer, machen wir uns pünktlich auf den Weg. Wir werden heute Portugal hinter uns lassen, um die Grenze zu überqueren und nach A Guarda in Spanien zu kommen. Wir laufen strikt nach dem vom Reiseführer empfohlenen Weg, obwohl der mal wieder 1,1 km länger ist, aber auch schöner! Es geht jedenfalls schon mal gut los, denn wir treffen allerhand Pilger, die wir schon kennen, wie Mrs. Krieger und die andere Amerikanerin und noch ein paar bekannte Gesichter. Na, das ist ja schon mal ganz lustig! Hoffentlich hat die kleine Koreanerin ihren Mann noch gefunden und ist in ihrer Herberge angekommen. Wir rennen heute ausnahmsweise auch mal etwas zügiger voran, da wir die Fähre schaffen wollen. Nach den Abfahrtszeiten, die Leni bei Google gefunden hat, fährt die nämlich nicht allzu oft. Wir laufen direkt am Meeresufer bis zum Strand Moledo, dann gerade aus weiter durch den wunderschönen Nationalpark Mata do Camarido, mit einem wunderbaren Kiefernwald, und erreichen die Flussmündung des Flusses Minho und sehen nun auch schon die Uferpromenade von

Caminha, wo wir dann eventuell auch diese Fähre finden sollten. Jetzt kommen wir durch das Torre del Reloj in die historische Innenstadt. Wir sind jetzt schon ein bisschen k.o. und freuen uns, auf der Fähre ein wenig Pause machen zu können, in der Hoffnung, dass es dort vielleicht etwas zu essen oder auch andere Sachen zu kaufen gibt. Im Fährhafen angekommen suchen wir erst einmal den Ticket Schalter, der sich wohl in dem kleinen Restaurant befindet. Wir fragen also höflich, ob wir hier ein Ticket für die Fähre bekommen könnten, aber irgendwie scheinen die uns nicht richtig zu verstehen. Die nette Dame antwortet nur: „Wassertaxi?", verkauft uns zwei Tickets, und deutet uns an, Platz zu nehmen, es würde wohl noch etwas dauern. Na gut, es sind ja schon einige Leute da, die auch warten. Gerade wollen wir uns ein paar Kleinigkeiten zum Essen und Trinken kaufen, da kommt ein Mann herein und ruft laut: „Wassertaxi!"

Wir springen auch gleich auf und schauen, ob wir damit gemeint sind. Vor uns sind noch zwei andere Frauen, auch Pilger, und auch ein Mann möchte noch mit. Der Fahrer sagt, er könne nur vier mitnehmen, und so kommen wir dann mit den anderen beiden Frauen zusammen mit. Ist irgendwie komisch, ich dachte auf so einer Fähre können doch wohl ein paar mehr Leute mitfahren? Nun gehen wir also zu viert mit dem Mann mit zu einem Auto, in das wir einsteigen sollen.

Etwas verwundert gucken wir uns alle an, steigen dann aber ein. Na, das ist vielleicht eine Schrottkiste! Ich weiß nicht so ganz, was ich davon halten soll, aber wahrscheinlich müssen wir damit erst zur Fähre fahren. Wir fahren zunächst am Hafen entlang und dann immer weiter in Richtung Wald. Sehr komisch, aber zum Glück sind wir zu viert und nicht so ganz alleine. Der Fahrer erzählt uns nun, dass die Fähre kaputt ist, aus allerhand Gründen, und jedenfalls nicht fährt. Er würde uns zu einem Anleger bringen und dort gibt es dann ein Wassertaxi. Aha, nun macht das Ganze auch einen Sinn. Irgendwo mitten im Wald und am Wasser steigen wir aus, und das Auto rast blitzschnell wieder davon. Alles ziemlich komisch!

Wir laufen nun auf einen Steg und sehen, wie gerade ein kleines Motorboot abfährt. Es ist völlig überladen mit vielen Pilgern an Bord, wobei ihre Rucksäcke, die sie auf dem Rücken haben, schon fast ins Wasser tauchen. Entsetzt sehen wir zu, wie sie mit ordentlich Tempo davonfahren. Na, das kann ja heiter werden, und Leni schreit gleich: „Ich fahre da nicht mit, ich habe Angst!" Mir ist zwar auch nicht ganz wohl, aber ich sage: „Wir können dann nur noch schwimmen, eine andere Alternative gibt es ja wohl nicht." Dieser Fluss Minho ist hier sehr riesig, man kann das andere Ufer jedenfalls nicht sehen, also schwimmen scheidet wohl aus. Das kleine Motorboot hat offensichtlich ein paar Schwierigkeiten und fährt irgendwie ein paar Mal hin und her. Der Bootsführer schnauzt ständig herum, dass alle ihre Schwimmwesten richtig anziehen sollen. Nun prescht er endlich davon, bis wir nur noch einen klitzekleinen Punkt von ihnen sehen. Wir hoffen also, dass das Boot auch wieder wohlbehalten zurückkommt und wir dann die Nächsten sind. Mittlerweile sind auch die weiteren Leute aus der Hafen Station mit dem Super-Auto hier angekommen, na, dann wird das nächste Boot wohl auch wieder so voll werden. Wir warten eine ganze Weile und da kommt das Boot auch schon angerauscht.

In einem rauen Ton wird uns nun gesagt, wir sollen schnell auf dieses Boot springen und die Schwimmwesten anlegen, was wir natürlich auch folgsam tun. Nun fängt es auch noch an zu reg nen und der Bootsführer schreit schon alle an, sie sollen sich beeilen, immer wieder ruft er, „Schnell! Avanti! Avanti!" Wir haben unsere Schwimmwesten angelegt und kauern im Boot, Leni vor lauter Angst ganz unten und ich ein bisschen am Rand. Das ist ja auch mal eine ganz neue, andere Erfahrung! Wir sind wie erwartet völlig überladen und können nur hoffen, auch ans andere Ufer, und über die Grenze nach Spanien zu gelangen. Wir müssen daran denken, wie sich wohl Flüchtlinge fühlen, die alles in Kauf nehmen, auf dem Weg in ein sicheres Land. Um noch eins drauf zu setzen, regnet es die ganze Überfahrt in Strömen, na toll...

Endlich sind wir am anderen Ufer angekommen, und das Motorboot fährt auf den Sandstrand auf, mit der Spitze in den Sand. Wir müssen dann alle vom Boot in den Sand hinunterspringen, was ziemlich hoch ist und eine ganz schöne Herausforderung. Zum Glück sind ja noch genügend Pilger an Bord, die uns helfen. Zwei Männer, die zuerst runterspringen, versuchen dann nach und nach, die Anderen aufzufangen. Wir beide sind die letzten und stellen uns ganz schön blöd an, Leni hat Angst wegen ihrer Hüfte und versucht mit Rucksack auf dem Rücken und Wanderstöcken in der Hand irgendwie hinunter zu rutschen. Die beiden Männer fangen uns dann auch ganz gut auf, und wir sind recht glücklich, hier heil an-

und runtergekommen zu sein. Irgendwo im Nirgendwo...

Nachdem jeder der Passagiere seinen Weg per Google gesucht hat, und auch jeder einen anderen gefunden hat, laufen alle los in die verschiedensten Richtungen, na, das ist ja wieder mal ganz toll. Wir entscheiden uns, zwei Mädels aus Schweden zu folgen, also laufen wir auch los. Eine ganze Weile schaffen wir es dann auch, mit ihnen mitzuhalten, aber sie laufen doch ganz schön schnell, so dass der Abstand immer größer wird. Als wir dann endlich die erste Stadt A Guarda in Spanien erreichen, haben wir die Mädels ganz und gar aus den Augen verloren, aber egal, sie müssen wahrscheinlich sowieso woanders hin. Durch diese komische Überfahrt haben wir ganz schön Zeit vertrödelt und keine richtige Pause gemacht, dazu haben wir nun auch keine Zeit mehr, denn wir müssen ja noch ein ganz schönes Stück bis nach Oia laufen.

Es geht noch eine gute Weile auf der Landstraße entlang, dann wieder ein wenig an der Küste weiter und danach wieder durch den Wald. Wir freuen uns, wieder in einem dieser wunderschönen Wälder mit vielen Eukalyptus Bäumen zu wandern, sind uns aber gar nicht sicher, ob es hier auch der richtige Weg ist. Jetzt müssen wir auch noch mal einen hohen Berg hoch und auf der anderen Seite wieder mal Landstraße, ganz schön anstrengend und wir sehnen uns nach einer Pause. Es ist zwar warm, aber es fängt immer wieder an zu regnen, so dass wir unter unseren Regencapes zwar schwitzen, durch den Regen wird es nun aber trotzdem ganz schön ungemütlich.

Endlich kommen wir wieder an die Küste und finden eine kleine Ausflugsgaststätte, wo wir in Ruhe sitzen und Pause machen können. Ach, wir sind wir glücklich, wieder in Spanien zu sein, und bestellen gleich vorn am Tresen Wein und Käse, endlich...

Nach unserer ausgedehnten Pause laufen wir gut gestärkt weiter. Es hat auch aufgehört zu regnen und so wandern wir weiter die wunderschöne Küste entlang. Die Zeit ist schon ganz schön vorangeschritten und wir laufen auch mal ein wenig schneller, um nicht erst im Dunkeln anzukommen und dass wir nicht wieder vermisst werden, und uns wieder jemand anrufen muss, wo wir denn blieben? Nach gut einer Stunde erreichen wir dann eine kleine Kirche, die den bevorstehenden Ort ankündigt. Hier verschnaufen wir dann noch mal. Leni schaut noch mal in die Karte und wir stellen fest, dass wir das, was im Reiseführer steht, mal wieder verpasst haben und trotz größter Konzentration ganz anders gelaufen sind. Wir lachen uns erst mal kaputt und sagen uns, dass wir den Rest nun auch noch so schaffen.

Gegen 19:30 Uhr erreichen wir schließlich unser Hotel und sind mal wieder fix und fertig. Es ist ein sehr schönes Haus oben auf der Klippe, von wo man einen traumhaften Blick über den Atlantik hat. Nun aber schnell unter die Dusche und dann ab zum Essen, was zum Glück auch hier gleich im Haus ist. Unten im Gastraum sitzen nur zwei ältere Herren (wahrscheinlich so unser Alter, ha!), die sich auf Deutsch so angeregt unterhalten, dass sie uns noch nicht mal begrüßen oder guten Abend sagen können. Das passt mal wieder zum dem, was wir schon die ganze Reise über festgestellt haben. Dafür ist aber der Kellner, der auch der Inhaber ist, sehr nett. Leni bestellt natürlich auf Spanisch, sodass es den beiden Herren auch erst gar nicht auffällt, dass wir auch Deutsche sind. An der Wand hängt ein großer Fernseher, der wohl ein wichtiges Fußballspiel überträgt. Die beiden Männer unterhalten sich nun mit dem Inhaber darüber, aber in einem so grottenschlechten Englisch, dass sogar ich das erkennen kann. Sie kommen sich dabei sehr wichtig und überaus klug vor. Uns geht das Fußballspiel gehörig auf die Nerven und wir sind froh, als sie endlich grußlos gehen. Zwischendurch haben sie sich auch unterhalten über diese Überfahrt mit dem Motorboot über die Grenze. Na, wenigstens haben sie die gleichen Erfahrungen, und wir haben also auch nicht so viel verkehrt gemacht. Es wäre nur auch ganz nett gewesen, hätte man sich mit den einzigen weiteren Gästen mal austauschen können. Vielleicht dachten sie ja auch, zwei Frauen sind dafür bestimmt zu blöd und nur sie können mit ihrem super Englisch gut vorankommen. Typisch (alte) Männer!

Wir schwatzen immerhin noch eine Weile ganz nett mit dem Inhaber, war ja sonst keiner da, und fielen dann todmüde ins Bett. Endlich mal mit viel Meeresrauschen, was aber auch ganz schön laut sein kann...

–

Hana kam am Abend zuvor dann auch irgendwie zu ihrer Herberge. Min war ihr, doch ein wenig unruhig, den Weg etwas entgegengelaufen. Da sie dadurch spät dran waren, hatte man ihre Betten schon weiter vergeben, und es war nur noch eins frei. Im Prinzip hatte Hana ja nichts dagegen, aber mit weiteren zwanzig Mann in einem Raum, das war nicht so lustig. Sie schlief kaum und sie beschloss, am nächsten Tag ein Hotelzimmer zu nehmen, um noch etwas von ihrem Honeymoon zu erleben.

Am nächsten Morgen, nach einem spärlichen Frühstück, liefen sie los in Richtung Grenze. Hatten sie sich gerade mal wieder versöhnt, da stritten sie sich im nächsten Moment schon wieder über das Thema Hotelzimmer. Irgendwie verstand Hana ihren Mann nicht mehr. Min hatte plötzlich immer zu allem eine andere Meinung als Hana, sie wollten sich doch den Weg so schön und glücklich wie möglich machen und jetzt stritten sie andauernd, das machte wohl dann der Weg mit ihnen.

Sie erreichten ziemlich schnell den kleinen Grenzübergang, der über einen kleinen Fluss führte. Im 10 Minuten Takt fuhren kleine Motorboote hin und her. Es war an dieser schmalen Stelle des Flusses kein Problem und sie gelangten schnell hinüber nach Spanien. Nach einer kleinen Weile fanden sie eine nette Herberge und weil dann doch beide nicht mehr weiter wollten, wählten sie diese kleine Herberge, die wenigstens mal ganz nett aussah. Und da sie die ersten waren, konnten sie sich einen schönen Schlafplatz aussuchen. So stimmte Hana zu, unter der Bedingung, morgen aber endlich ein Hotel zu nehmen.

Hannes und Inge wollten an diesem Tag auch über die Grenze. So langsam hatten sie sich an das Leben in den Herbergen gewöhnt, obwohl sie immer noch nicht wirklich viel miteinander redeten, was die ganze Reise nicht gerade einfacher machte. Inge hatte immer noch starke Schmerzen in ihrem Knöchel, jammerte aber natürlich nicht. Sie wollte einfach ihrem Mann beweisen, dass sie es schafft und nicht als Loser dastehen. Ein bisschen suhlte sie sich auch in Selbstmitleid, sie wünschte sich, dass sich ihr Mann ein wenig um sie kümmert und sie auch ein wenig bedauert, hätte einfach auch ein bisschen Mitgefühl gebraucht und ein wenig von der vielleicht verbliebenen Liebe. Hannes aber marschierte immer nur für sich allein voran und interessierte sich nur für alles andere, hauptsächlich für alle Klöster und Kirchen und alle anderen geschichtlichen Gebäude. Das nervte Inge natürlich ungemein, sodass die Situation nur noch frostiger wurde. Sie gab daher immer ein bisschen patzige Antworten und Hannes machte auf stur.

So liefen sie wortkarg hintereinander her. Sie hatten sich einen kleinen Grenzübergang ausgesucht, der ein wenig im Landesinneren lag. Sie waren schon gut vorangekommen und hatten dadurch ein paar Kilometer gespart.

Als Nächstes mussten sie über eine riesige Brücke laufen und brauchten dadurch nicht mit irgendwelchen Motorbooten oder Ähnlichem fahren. Inge lief wie immer vorneweg, ohne sich auch nur im Geringsten um ihren Mann zu kümmern, der sich erst mal wieder mehr für die Brückenkonstruktion interessierte, als sich um seine Frau zu kümmern. Also lief und lief sie weiter, ohne sich umzudrehen, so frustriert und sauer, wie sie war... Irgendwann machte sie sich allerdings ein paar Gedanken, ob sie denn den richtigen Weg genommen hat. Sie stellte fest, dass sie ganz allein auf weiter Flur war und ihren Hannes wohl verloren hatte, na ja, bis zur nächsten Herberge würde sie es wohl schon schaffen und Hannes wäre dann bestimmt auch schon da, dachte sie.

Sie irrte immer weiter berghoch und bergrunter, durch Wälder und über Wiesen und kam irgendwie nicht an. Im Gegenteil, sie hatte das Gefühl, immer im Kreis zu laufen und wurde doch ein wenig unruhig. Schließlich wurde es schon langsam dunkel und sie suchte immer noch umher. Sie schimpfte mit sich selbst, wie dumm sie doch gewesen war und sich einbilden konnte, in einem fremden Land allein umherzuwandern. Nun fehlte ihr doch ihr Mann, der immer alles so gewissenhaft plante und mit seiner ruhigen Ausstrahlung irgendwie alles gut meisterte. Aber er war nicht mehr da, das wurde ihr jetzt mehr als bewusst. Ihr liefen die Tränen übers Gesicht und sie wusste nicht mehr ein noch aus. Natürlich versuchte Inge ständig, ihren Mann mit dem Handy anzurufen, aber entweder ging er nicht ran oder hatte keinen Empfang. Sie probierte auch, allein mit dem Handy den Weg zu finden, aber nichts gelang. Außerdem war dann auch bald der Akku leer, wie konnte es anders sein, immer, wenn man mal die Technik braucht, funktioniert sie nicht! Irgendwann fand sie einen Unterstand, wo sie bleiben konnte. Es war ein altes verfallenes Haus, wahrscheinlich mal als Übernachtungsmöglichkeit für Pilger gedacht, aber schon hundert Jahre nicht mehr benutzt. Was blieb ihr nun anderes übrig, sie würde hierbleiben, denn es war schon sehr dämmrig und bis zum Morgengrauen würde sie es schon aushalten. Sie fühlte sich äußerst schlecht, das erste Mal in ihrer Ehe getrennt von ihrem Mann, so irgendwo im Nirgendwo. Ob er sich jetzt auch Gedanken machte? „Hoffentlich ist er gut in der Herberge angekommen...", dachte sie sich. „Na, er könnte ja auch mal anrufen! Hoffentlich ist ihm nichts passiert, er hatte sich die letzten Tage immer so auf seinen Brustkorb gefasst, als ob er Schmerzen hätte". Inge hatte das natürlich ignoriert, aus lauter Trotz. So viele Fragen fielen ihr nun ein, die keiner hätte beantworten können. Völlig aufgewühlt vergaß sie, dass sie eigentlich Angst hatte, hier ganz allein im Dunkeln und fast im Freien zu übernachten. Sie hatte noch ein letztes Stück Brot und ein wenig Wasser, legte ihren Fuß hoch – und dann fielen ihr vor Erschöpfung die Augen zu.

Als der Morgen langsam graute, wurde sie von fröhlichem Gesang geweckt. War es echt, oder war sie schon in eine andere Welt hinüber gedämmert? Sie traute sich erst gar nicht, die Augen zu öffnen, vor lauter Angst. Sie blinzelte ein wenig, und war dann doch ziemlich erstaunt. Vor ihr stand eine junge, asiatisch aussehende Frau, die ihr irgendwie bekannt vorkam. Es war die junge Frau des Flitterwochen Paares, das sie schon von Anfang an immer mal wieder trafen. Verwunderlicherweise war sie aber auch allein? Ingeborg verstand gerade zwar gar nichts mehr, aber auch ohne Worte fielen sie sich in die Arme, vor lauter Glück, jemanden Bekanntes gefunden zu haben.

– Wahrscheinlich schickt der Weg doch immer wieder Schutzengel für verirrte Pilger! –
Nun liefen Inge Tränen übers Gesicht und schluchzend brach dann alles aus ihr heraus. Sie versuchte nun, mit Gesten und ein wenig Englisch alles zu berichten, dass sie sich mit ihrem Mann gestritten, ihn dann irgendwo an der Grenze verloren und sich danach auch noch verirrt hatte, und wegen der Schmerzen im Fuß nicht mehr weitergehen konnte. Sie war völlig fertig, ihr

Handy war alle und sie machte sich Sorgen um ihren Mann.

Hana sagte, dass es ihr auch so ginge und sie sich ständig mit ihrem Mann stritte und jetzt lieber mal eine Strecke allein ginge, damit beide irgendwie den Kopf wieder frei bekämen. Dies hätte allerdings noch nicht so richtig funktioniert, so wäre sie heute in aller Frühe aufgestanden, sie wolle schon vorlaufen und im nächsten Ort mal ein schönes Hotel zum Übernachten suchen, damit das endlich mal klappte.

– *Dieser Jakobsweg ist schon ganz schön sonderbar! Immer wieder kreuzen sich die Wege der verschiedensten Menschen, und man trifft immer wieder die Menschen, die für einen wichtig sind und einem Hilfe geben und was zu sagen haben! Eben einfach ein kleines Wunder!* –

Hana hatte eine Powerbank dabei, sodass Inge zuerst mal ihr Handy wieder laden konnte. Sie hatte auch ein paar Kleinigkeiten zum Essen und Trinken dabei, die sie sich nun teilen konnten. Inge wurde bewusst, wie schön es sein konnte, mit anderen zu teilen und nicht vor Geiz umzukommen. Man lernt also doch sehr viel auf diesem Weg!

Hana hatte beim Laufen allein lautstark gesungen, um sich so von ihrer Angst abzulenken, und war ebenso überrascht und überwältigt, dass sie der Weg hier zu Ingeborg geführt hat.

Als nun Inges Handy etwas aufgeladen war, sah sie schon mehrere Anrufe in Abwesenheit. Es war allerdings eine spanische Nummer, die sie zunächst ungern zurückrufen wollte, was auch ohne Spanisch sehr schwierig ist. Also versuchte Inge, ihren Hannes anzurufen. Vergeblich, er ging nicht ran, war es vielleicht noch zu früh? „Na, er hätte sich ja auch mal Sorgen machen können, wahrscheinlich schläft er noch seelenruhig", ging es ihr durch den Kopf.

Schon wieder ein bisschen genervt rief sie dann doch die spanische Nummer an und deutete Hana an, ob sie in Englisch nach ihrem Mann fragen könne. Das tat sie dann auch und so stellte sich heraus, dass die Nummer von einem Krankenhaus in der Stadt Vigo stammte. Die Dame am anderen Ende bestätigte, dass ein gewisser Hannes dort gestern eingeliefert wurde. Nun wurde es Inge doch ganz schwer ums Herz und schuldbewusst brach sie auf, um so schnell wie möglich zu ihrem Mann zu kommen. Hana begleitete sie natürlich und stellte verwundert fest, dass es ihr ja gestern so ähnlich ergangen war. „Das ist vielleicht komisch. Ein junges Paar am Anfang ihrer Ehe und ein Paar, das schon so viele Ehejahre hinter sich hat, und die gleichen Probleme... Ändert sich da also wirklich nichts?", dachte sie sich.

Bis Vigo war es auch nicht mehr weit, da Inge das ja normalerweise gestern schon schaffen sollte.

Sie liefen sehr zügig, ohne dass Inge auch nur einen Gedanken an ihren immer wieder anschwellenden Fuß verlor. Vigo ist eine der größten Städte Galiciens, sodass sie fast 2 Stunden brauchten, bis sie endlich am Krankenhaus ankamen. Hana ging noch mit hinein, um Inge auf Englisch ein wenig zu unterstützen. An der Rezeption trafen sie aber schon auf Hannes, der gerade entlassen wurde. Überglücklich und tränenüberströmt fielen sich die beiden erst mal in die Arme. Hana freute sich mit ihnen, und schöpfte Hoffnung, dass es wohl doch nach so vielen Ehejahren noch die Liebe gäbe! Sie verabschiedete sich anschließend schnell, um weiterzulaufen. Sie wollte nicht zu viel Zeit verlieren und noch bis zu ihrem nächsten Ort Redondela gelangen, um das ersehnte Hotelzimmer zu bekommen.

Hannes hatte am Vorabend zum Glück nur einen kleinen Schwächeanfall, musste aber, um Weiteres auszuschließen, eine Nacht im Krankenhaus verbringen. Er hatte sich natürlich auch Sorgen um seine Inge gemacht, erst recht, nachdem er sie nicht mehr erreichen konnte. Das war dann auch nicht so gut für seinen Blutdruck und so behielten sie ihn doppelt so dringend eine Nacht im Krankenhaus. Er sagte dann zwar, „Es kommt bestimmt eine saftige Rechnung, denn diese Übernachtung ist wohl etwas teurer als eine Herberge." Inge wandte dann aber ein, dass sie ja gespart hätten und draußen übernachtet hätten, und beide mussten dann doch ziemlich lachen.

So wollten sie beide an diesem Tag mal einen etwas Pause machen, erst mal gemütlich Frühstücken gehen, sich alles erzählen, ein wenig durch Vigo bummeln, mal keine Kirche oder Kloster besichtigen, und dann am Ortsausgang eine günstige Herberge suchen, wo sie sich gemeinsam ausruhen können.

– Das war wohl für beide ein saftiger Warnschuss, den sie ernst nehmen sollten. –

Hana lief nun wieder singend, diesmal allerdings vor Freude und nicht vor Angst, an der Küste entlang und bog dann ab über einen Berg und durch den Wald in Richtung Redondela. Sie kam auch rechtzeitig dort an, um noch nach einem schönen Hotel Ausschau zu halten zu können. Wie erstaunt ist sie dann, als sie ihren Mann schon von weitem winken sah, und rannte auf ihn zu. Auch sie fielen sich nun glücklich in die Arme, und als er ihr zeigte, was er schon für ein hübsches Hotel gefunden hatte, liefen auch ihr die Tränen übers Gesicht!

– Es ist wirklich ein Wunder, wie sich das auf diesem Weg alles zusammenfügt, bei Menschen verschiedener Nationalität, verschiedenen Alters und verschiedenen Problemen!

Das kennen wir ja schon vom letzten Jahr: „Der Weg ruft dich, sucht sich seine Pilger, zieht dich und beschützt dich!" –

Samstag, 6. Tagesetappe

Oia nach Baiona

Heute werden wir von lautem Wellenrauschen geweckt! Die Brandung ist fantastisch und der Ausblick dazu – vom Bett auf den Atlantik. Wir können uns gar nicht davon trennen und bleiben noch etwas liegen, nur blöd, dass wir wieder unsere Koffer pünktlich nach unten bringen müssen. Also spurten wir los, damit wir das auch noch schaffen. Als wir dann unten im Gastraum ankommen, verabschieden sich gerade die beiden Herren von gestern Abend, ohne uns auch nur eines Blickes zu würdigen. Wir sagen trotzdem ganz laut „Buenos Dias" und setzen uns an den gedeckten Frühstückstisch, froh, nun hier allein zu sitzen und in Ruhe zu frühstücken. Nach dem wundervollen Sonnenaufgang folgt nun ein ebenso wunderschönes, liebevoll gemachtes Frühstück. Die Chefin macht uns ein frisches Omelett und bringt uns frisch gebackenes Brot und leckeren Kuchen. Am liebsten würden wir an diesem Ort direkt am Atlantik noch ein paar Tage bleiben, aber leider müssen wir weiter. So ist das nun mal, wir sind ja schließlich nicht zum Erholen hier, sondern zum Wandern! Dafür wird uns heute aber auch wieder ein interessanter Weg versprochen, der zum größten Teil an der Küste verläuft. Außerdem ist ja schon Samstag, wir kommen heute nach Baiona, einem tollen Badeort, und haben dann morgen dort einen Tag frei, endlich Pause...

Bei strahlendem Sonnenschein laufen wir los, es ist wirklich traumhaft, so viel tolle Landschaft, der Ozean, der Strand, die Klippen und wundervolle Blumen und Pflanzen. Das ist ja vor Schönheit kaum auszuhalten und wir strahlen glücklich um die Wette.

Es sind hier heute mal einige Pilger unterwegs, die auch alle fröhlich „Buen Camino" rufen. So macht es doch wieder richtig Spaß. Wir laufen durch eine Ziegenherde hindurch, die der Schäfer ganz entspannt zwischen Klippen und Straße hin und herlaufen lässt, das passt alles so schön zu dem ganzen Bild. Nun biegen wir ein bisschen in den Wald ab, wo dann zwischendurch immer wieder kleine Ortschaften kommen. In einem Ort finden wir ein nettes Restaurant, wo wir im Garten einen Kaffee genießen möchten. Beim Hineingehen treffen wir unsere beiden Herren aus dem Hotel. Wir sagen freundlich „Hallo" und bekommen als Antwort: „Na ihr seid ja auch schon da, habt aber ganz schön lange gebraucht!" Mit so einem blöden Spruch hab ich nun gar nicht gerechnet und antworte nur: „Wir sind eine Stunde später los, und ihr sitzt hier immer noch beim ersten Bier" und gehe sofort weiter, auf so was Dummes habe ich wirklich keine Lust, schon gar nicht heute. Im Garten finden wir einen netten Tisch, wo wir einen Cappuccino bestellen, für Wein und Käse ist es noch ein bisschen früh. Nach einer Weile kommt ein älterer Herr an unseren Tisch und möchte uns etwas verkaufen, das kann ich ja so gar nicht leiden, aber er ist nett, erzählt uns, dass er alles selbst herstellt und alles so seine Bedeutung auf dem Weg hat – sodass Leni nicht anders kann und ihm eine Kette und Armband abkauft. Ja, hier in Spanien versuchen alle was aus dem Weg zu machen und auch ein bisschen Geld damit zu verdienen, das ist aber auch gut so. In Portugal hatten wir ja gar nichts von dieser Art, darum genießen wir das jetzt umso mehr. Nun aber endlich weiter, in der Hoffnung, die beiden alten komischen Herren nicht wieder zu treffen. Jetzt wechseln sich wieder Wald, Straße und Berge ab. Wir haben ganz schön hohe Anstiege zu erklimmen und die Wärme und Sonne machen uns ganz schön zu schaffen. Es ergeben sich natürlich dafür auch wunderschöne Ausblicke, an denen wir uns zur Belohnung erfreuen können. Auf der anderen Seite geht es wieder ein bisschen die Straße entlang, vorbei an sehr schönen, luxuriösen Urlaubshotels. Nun kommen wir an einem lustigen Stand vorbei, wo es allerlei witzige Sachen gibt, die aus angespültem Strandgut entstanden sind. Als wir natürlich auch da nicht einfach so vorbeikommen und ein wenig rumstöbern, kommt der Chef und möchte uns gleich was verkaufen. Er ist ein absoluter Überlebenskünstler, der davon lebt, irgendwelche zusammengesammelten Sachen zu verkaufen. Er ist so lustig und sieht auch sehr witzig aus, fast so wie „Catweazle", ein verrückter Zauberer aus einer Fernsehserie meiner Kindheit. Er hat auf der anderen Straßenseite noch ein kleines Geschäft, in das er uns jetzt einlädt und wir folgen ihm natürlich. Hier finden wir eine Jakobs-

muschel, die er uns mit einem Lederbändchen versieht und mit den Namen bedruckt. Dabei erzählt er uns seine ganze Lebensgeschichte, er heißt „Xavier der Künstler" und dank Facebook kennt ihn jeder auf dem Jakobsweg. Wir machen dann auch viele Fotos mit ihm, die wir posten können, und er freut sich!

Mittlerweile kommt noch eine Frau hinein, die ihn fragt, ob er den und den kenne. Das sei ein Freund und der hätte das hier gefilmt und auf TikTok gepostet und nun ist sie hier und solle Grüße von ihm bestellen. Witzig. Der Catweazle ist also auf der ganzen Welt bekannt. Die Frau kommt aus Australien und ist im Moment allein unterwegs, da sie sich mit ihrem Mann gestritten hatte: sie wollte unbedingt diesen Weg gehen, um Xavier zu treffen. Das findet er natürlich super toll und ist ganz außer sich! Er weazelt nur so umher und überträgt seinen Frohsinn als Lebenskünstler auf seine Mitmenschen.

Diese vielen Begegnungen machen den Weg aus und sind sehr interessant!

Weiter geht es nun erneut einen hohen Berg hinauf und wir schwitzen wieder ganz schön. Zum Glück gibt es auch hier viele Eukalyptusbäume, sodass wir die ein bisschen vor der Sonne geschützt sind. Wir finden einen sehr netten Pilgerhof, der uns zum Essen einlädt. Ein junger Mann ist hier der Besitzer und preist seine Suppe an: eine ausschließlich vegetarische Kartoffel-Linsensuppe. Wir sind zwar nicht ganz so begeistert, erstens vegetarisch und dann auch noch eine heiße Suppe bei 30 Grad. Aber was soll's, wir nehmen sie, denn wir sind hungrig vom Wandern. Außerdem gibt es ein kaltes Bockbier dazu, das zum Glück überraschend leicht ist, was man bei der Hitze sonst wohl nicht so gut vertragen würde. Aber alles zusammen ist wieder mal überaus köstlich. Wie das auf einem Pilgerhof nun mal üblich ist, möchte er auch kein Geld dafür, sondern nur eine Spende nehmen. Satt und zufrieden können wir jetzt weiterlaufen. Den Berg hinunter, noch ein bisschen an der Küste entlang und wir können unseren Urlaubsort Baiona sehen.

Als wir in Biona ankommen, finden wir auch schnell unser Hotel, das direkt in den kleinen Gassen der Altstadt liegt. Es ist ein nettes 2-Sterne-Hotel, nur nicht ganz, wie wir uns das vorgestellt haben. Wir haben keinen Balkon und dann auch keinen Meerblick, dafür unter uns viele kleine Bars, na, das kann laut werden. Da es immer noch ganz schön heiß ist, ziehen wir erst mal die Wandersachen aus und machen uns auf den Weg zum Strand. Es ist ein bisschen komisch, denn der ist direkt am Hafenbecken. Es ist auch niemand im Wasser, nur ein paar Jugendliche am Strand und ein paar Kinder spielen im Sand. So traue ich mich dann auch nicht ins Wasser, weil ich nicht genau weiß, ob ich hier im Hafen schwimmen kann. Ein wenig traurig bummeln wir dann weiter die Promenade entlang, in Richtung Altstadt. Na, nun erst mal einen schönen Sangria trinken, das muntert uns wieder auf. Wir finden ein nettes Lokal, können hier schön in der Sonne sitzen und auf den Hafen schauen. Es ist ja Samstagnachmittag und da herrscht ein buntes Treiben in der schönen Hafenstadt. Eigentlich ist es ein Urlaubsort, zwar ein bisschen rau, die Strände sind vielleicht nicht für kleine Kinder geeignet, aber trotzdem wunderschön, darum erstaunlich, dass der Ort bei uns in Deutschland nicht so bekannt ist. Na, wir machen jetzt erst mal einen Tag Urlaub und wollen morgen den ganzen Tag faul am Strand liegen.

Wir gehen noch ein wenig in der Stadt bummeln, bevor wir uns zum Abendessen etwas Wärmeres anziehen, denn abends wird es doch kühler. Wir finden dann ein nettes Fischrestaurant gleich neben unserem Hotel. Heute und morgen in Baiona haben wir keine Halbpension gebucht, und können nach Lust und Laune essen gehen, auch mal schön, wir haben ja Zeit. Ich kann hier wieder meine geliebten Jakobsmuscheln essen und für Leni gibt es endlich die gebratenen Sardinen, die sie schon die ganze Zeit essen möchte.

Satt und zufrieden, dass wir gleich in der Nähe unseres Hotels sind, gehen wir anschließend gleich ziemlich müde zu Bett.

Sonntag, Endlich ein Urlaubstag

Wir haben wander-frei!

Wie erwartet war es die ganze Nacht sehr laut und wir konnten nur mit geschlossenem Fenster einigermaßen schlafen. Trotzdem genießen wir es heute mal, nicht so früh losstürzen und unsere Koffer schnell wegbringen zu müssen. Wir laufen stattdessen für das Hotel-Frühstück die Promenade ein wenig hinunter und können in einem kleinen Restaurant mit Blick auf den Hafen sitzen und frühstücken, sehr schön! Wir geben unsere Essensmarken ab und bekommen alles, was wir uns wünschen. Nach diesem super Frühstück ziehen wir uns mal wieder um, da es doch wieder etwas wärmer heute wird, packen die Badesachen ein, und los geht`s. Zuerst mal noch eine kleine Besichtigungstour, wir laufen zum Hafen, wo das Schiff La Pinta steht.

Es ist eine Nachbildung der originalen Karavelle, eines der drei Schiffe, mit dem Columbus Amerika entdeckt hat. Es waren drei Schiffe, die 1492 lossegelten. Die Pinta mit Kapitän Martin Alonso Pinzon, die Santa Maria mit Kapitän Christoph Columbus und die Nina, das kleinste Schiff. Im Oktober 1492 entdeckten sie Amerika. Die Santa Maria strandete auf einer Sandbank vor Haiti und sank. Die Pinta segelte mit Kapitän Pinzon zurück und die Nina mit Columbus. Ende Februar 1493 erreichte die Pinta als erste nach einem Sturm wieder die spanische Küste und landete in Baiona.

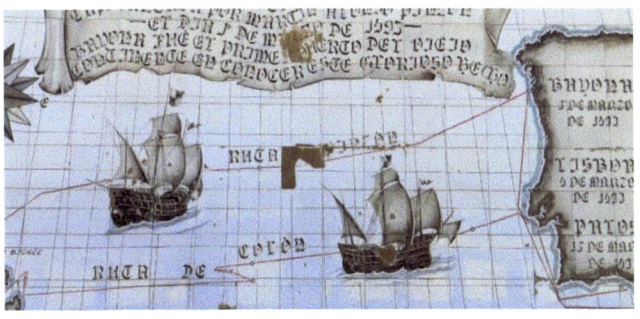

Die Nina kam durch den Sturm ab und landete erst Wochen später in Lissabon. So erfuhren die Menschen in Baiona als erstes von der neuen Welt. 1993 brachte man nun die Nachbildung der Pinta wieder nach Baiona und jedes Jahr gibt es ein großes Fest zu Ehren der Ankunft der Pinta.

Das Schiff ist genau 20 Meter lang und 7 Meter breit, mit 3 Masten. Doch zwischen all den modernen Segelyachten und Motorbooten von heute sieht die Pinta ziemlich klein und zerbrechlich aus, so dass es ein Wunder scheint, dass sie überhaupt den Atlantik überqueren konnte. Es ist ganz toll, dass wir dieses Schiff hier so authentisch besichtigen können. So! Nach dieser interessanten Reise in die Vergangenheit nun aber ab zum Strand, denn wir wollten ja eigentlich gar nichts machen und nur ausruhen. Aber Leni hat noch was in petto und möchte gern zu einer steinernen Jungfrau auf den Berg wandern. Sie sagt:

„Wir müssen unbedingt die Jungfrau sehen, wir brauchen ihren Segen für den Rest der Reise." Also gut, dann also doch wieder eine kleine Bergbesteigung, was soll`s, haben wir ja lange nicht gemacht und wir wollen ja nicht aus der Übung kommen...

Es geht ganz schön steil nach oben, einen langen Kreuzweg entlang, und die Jungfrau steht auf einem großen Sockel und ragt überdimensional in die Höhe, fast bis zum Him-

mel. Na super, da muss ich dann wohl auch noch rauf. Man kann durch den Sockel im Innern der Madonna hinauf gehen und kommt dann oben auf ihrer riesigen Hand raus. Ich kaufe also ein Ticket und dann los. Leni kommt natürlich wegen ihrer Höhenangst nicht mit, so muss ich da alleine durch. In einen schmalen Gang hinein, und es geht eine sehr schmale Wendeltreppe steil nach oben. Wow, ich bekomme fast keine Luft mehr und habe totale Platzangst, hoffentlich kommt keiner von oben runter. Es ist wahnsinnig eng und steil und ich sehe kein Licht am Ende des Tunnels. Mir zittern die Knie, aber zurück geht nicht mehr. Nun komme ich oben auf der Hand raus, es ist fantastisch, man fühlt sich gleich fast schon wie im Himmel. Aber lange halte ich das nicht aus, da ich ganz schön Angst vor dem Rückweg habe. Leni schießt ein Paar Fotos von unten und dann bin ich wieder weg auf dem Weg nach unten, der sich dann gar nicht als so schlimm rausstellt. Aber doch froh, wieder lebend unten angekommen zu sein, gehen wir noch einmal ringsherum und genießen die fantastische Aussicht. Gleich daneben ist ein klitzekleines Restaurant, wo wir uns erst mal einen schönen Wein gönnen und auch noch leckere Tortillas dazu bekommen, na kann es uns besser gehen?
Wieder ganz unten angekommen geht es jetzt aber endlich zum Strand. Heute baden dann auch schon ein paar Kinder, sodass ich mich jetzt auch

traue, an diesem doch ganz schönen Sandstrand ins Wasser zu gehen. Ich finde es klasse, endlich mal richtig schwimmen zu können, da diese Bucht total geschützt ist. Leni sucht sich ein schattiges Plätzchen und probiert dann doch sogar mit den Füßen, das Wasser ein wenig zu testen, sie ist nicht so eine Wasserratte wie ich. Nachdem wir so 1-2 Stunden relaxen, versuchen wir es nun auf der anderen Seite der Bucht, wo ja auch ein schöner Strand sein soll. Zwischendurch noch eine Kugel Eis, das ist einfach traumhaft. Auf der anderen Seite tobt natürlich der Atlantik und vor lauter Brandung kann man hier nicht schwimmen, aber wir liegen hier noch ein bisschen im feinen Sand und ich versuche, ab und zu nochmal kurz einzutauchen. Leni geht nun schon mal vor zum Hotel, da sie noch in Ruhe duschen und sich umziehen möchte, ich kann mich mal wieder nicht vom Strand trennen und genieße noch in vollen Zügen den Sand, das Meer und die brausenden Wellen, einfach wunderbar!

Es ist ein total schöner freier Urlaubstag. Nun will ich aber Leni vom Hotel abholen, auch noch was Wärmeres anziehen und dann werden wir schön essen gehen. Gesagt, getan, und schon sind wir wieder mal beim Bummel durch den hübschen Urlaubsort. Heute ist zwar Sonntag, aber trotzdem haben alle Geschäfte geöffnet, jedenfalls jetzt am frühen Abend. Die Spanier sind auch alle unterwegs und genießen den Sonntag mit ihren Familien. An einem Eisladen bildet sich eine riesige Schlange, man könnte meinen, da gibt es was umsonst, aber alle wollen natürlich mit ihren Kindern gern ein Eis essen. Nun kommen auch noch die besonders netten Geschäfte auf uns zu und wie ein Sog ziehen sie uns hinein. Es ist der Wahnsinn, wir finden so viele tolle Sachen, dass wir aufpassen müssen, nicht in einen Kaufrausch zu verfallen, denn wir müssen schließlich auch alles in den Koffer bekommen und wir sind ja noch nicht am Ende unserer Reise. Wir müssen sogar nochmal zum Hotel und all unsere schönen Sachen wegbringen, bevor wir Essen gehen.

Erleichtert von unserer Beute und glücklich finden wir danach ein nettes Restaurant, wo man draußen sitzen kann und einen Blick auf den Hafen hat. Der Kellner ruft uns schon herein, da er so früh noch nicht so viele Gäste hat. Er ist sehr lustig und witzig und macht seine Späße mit uns, obwohl er auch ein bisschen zugedröhnt wirkt. Na, was macht es, wir haben Spaß! Er ser-

viert uns eine tolle Vorspeise und danach eine noch bessere Paella mit vielen Muscheln, Krabben und Garnelen, der perfekte Tagesabschluss.

Nun noch ein letzter Spaziergang zum Sonnenuntergang an den Strand. Das Rauschen des Meeres, die Festung und der Hafen mit den vielen Booten und vielen Lichtern – alles ist an Romantik nicht zu übertreffen. Hach, wie ist das doch wunderschön...

So schlafen wir heute super erholt und glücklich ein! Buenas noches!

Montag, 7. Tagesetappe

Baiona nach Caldas de Reis

Wir können heute noch einmal in dem netten Café in Baiona frühstücken und genießen das auch noch mal so richtig. Heute wollen wir mit dem Bus fahren, hoffentlich fährt auch einer. Nach dem Frühstück inspizieren wir mal die Umgebung und finden auch recht schnell die Haltestelle. Zwei Pilger stehen schon da und wir können nach dem Bus fragen. Es sind sogar deutsche Pilger, sodass wir keine Sprachschwierigkeiten haben. Sie wollen in die gleiche Richtung und warten angeblich schon eine Weile. Na, das ist hier wohl nicht so genau zu nehmen mit den Zeiten... Wir gehen schnell zum Hotel, holen unsere Sachen und gehen dann gleich um die Ecke zurück zur Haltestelle. Die beiden jungen Leute stehen immer noch da, sodass wir gute Chancen haben und siehe da, der Bus kommt soeben. Wunderbar, für 2,50 Euro fahren wir nach Vigo in die nächstgrößere Stadt, wo wir dann noch einmal umsteigen müssen. Da wir gestern einen Wandertag „verloren" haben, hätten wir heute die doppelte Anzahl an Kilometer laufen müssen und das wäre eindeutig zu viel. Also, das mit dem Bus geht auch wunderbar. Aber man macht sich so seine Gedanken, viele Pilger erzählen immer, wie viel sie schon gelaufen sind und wie komisch, still und heimlich fahren sie dann doch mal mit dem Bus, wie die beiden jungen Leute aus Deutschland, na ja, dann weiß man ja Bescheid.

Vigo ist die größte Stadt Galiciens und einer seiner Wirtschaftsmotoren. Nach ca. eine Stunde kommen wir hier an, und erkundigen uns auch gleich nach dem nächsten Bus, der in gut drei Stunden fährt. Super, dann kaufen wir schon mal ein Ticket und dann wollen wir hier mal die Wirtschaft ein wenig mit ankurbeln. Wir sind ziemlich schnell in einer riesigen Einkaufsstraße, wo wir wieder in den Shopping-Rausch verfallen. Na ja, ein bisschen muss man sich ja auch belohnen und für eine große kulturelle Besichtigungstour reicht die Zeit sowieso nicht aus. Zum Schluss finden wir noch ein nettes Lokal, wo wir in der Sonne sitzen und eine Kleinigkeit essen können. Dann wieder auf zum Busbahnhof und mit dem nächsten Bus weiter nach Caldas de Reis.

Als wir ankommen, suchen wir erst mal unser Hotel, und sollen so ungefähr einen Kilometer laufen, na das ist ja nun kein Problem für uns heute. Wir sind so früh im Hotel, dass wir sogar mal die ersten sind! So können wir noch gut den Ort und die Umgebung erkunden, um wenigstens ein paar Kilometer heute zu machen. Es gibt einen wunderschönen Park an einem kleinen Fluss. Leni findet mit Google raus, dass ganz in der Nähe eine Therme sein soll, und schlägt somit noch einen kleinen Umweg vor. Na, die Geschäfte im Ort haben ja sowieso noch ihre ausgedehnte Mittagspause und so willige ich natürlich ein, was immer das auch für eine Therme sein soll. Wir laufen noch ein ganzes Stück und dann sind wir auch schon da. Ist ja wirklich süß, ein kleines rechteckiges Becken aus alten Steinblöcken, sogar ein Dach darüber. Es sitzen auch schon einige andere Pilger am Beckenrand und halten die Füße rein. Das Wasser sieht seltsam grün aus und ich traue mich erst gar nicht. Aber die Anderen sagen, das ist richtig so, da das Wasser ganz warm ist und durch die Steine und den Untergrund mit verschiedenen Mineralien so seltsam aussieht. Also, dann rein mit den Füßen! Wow, es sind bestimmt über 30 Grad Wassertemperatur, keine schöne Abkühlung für die wander-geplagten Füße. Ein paar Minuten halte ich das aus, aber dann dampfe ich aus allen Löchern und muss raus. Ist jedenfalls eine ziemlich komische Therme, hatte ich mir irgendwie anders vorgestellt, *ha, ha...*

Weiter geht's wieder, über eine große Wiese zurück in den Ort, ein wenig am Fluss entlang, über eine sehr alte Brücke, die richtig verwunschen aussieht. Auf der anderen Seite, unterhalb der Brücke ist mal wieder ein sehr schönes Lokal am Wasser.

Na, das ist richtig, da müssen wir hin. Super, typisch für den Pilgerweg in Spanien, da findet man immer was Tolles zum Einkehren, und da wir heute noch nicht mal weiter wandern müssen, können wir das auch richtig genießen! Wir finden einen netten Tisch und der Kellner ist auch sogleich im Anmarsch. Leni bestellt wieder auf Spanisch, da merkt man nicht gleich, dass wir deutsch sind, was manchmal auch nicht so verkehrt ist. Der Kellner schlägt uns ein paar spanische Kleinigkeiten, unter anderem auch Käse und

Wein vor. Ist ja sowieso unser Lieblingsessen! Super, das nehmen wir alles!

Am Nachbartisch sitzen ebenfalls zwei Pilger, ein älteres Ehepaar, und ringsherum kommen und gehen auch immer wieder neue Pilger, so finden wir das alte, vertraute Gefühl auf dem Jakobsweg wieder. Als der Kellner dann unsere Weingläser bringt, schaut die Dame am Nachbartisch schon ganz skeptisch und als dann noch die anderen Kleinigkeiten, wie Käse, Brot, Oliven und so weiter kommen, fällt sie fast vom Stuhl. Als wir uns nun zuprosten und erzählen und lachen, merkt sie endlich, dass wir auch Deutsch sprechen. Nun kann sie es sich nicht mehr verkneifen und sagt: „Na, Sie lassen sich`s aber gut gehen!" Wir lachen und sagen, dass das ja auch zum Jakobsweg gehöre. Bei den beiden ist wohl eher die Sparvariante angesagt, die Dame eine kleine Tasse Kaffee und der Herr ein Wasser, mehr gibt es anscheinend nicht. Kein Wunder, dass sie nun neidisch zu unserem voll gedeckten Tisch spähen.

Überrascht sagt sie: „Ach sie kommen ja auch aus Deutschland. Laufen sie auch den Jakobsweg von Porto?" Ich antworte: „Ja, wir kommen auch aus Deutschland, aus Brandenburg. Wir sind schon über eine Woche unterwegs, da wir den Küstenweg gelaufen sind, und bei so einer Stecke muss man auch hin und wieder etwas genießen, wir wollen ja auch ankommen." Der Mann sagt:

„Na, det hört man ja, dass sie aus der Berliner Gegend kommen."

„Oh", sage ich, „dann kommen sie auch aus Berlin oder Umgebung?"

Sie fällt ihm dann sofort ins Wort, antwortet doch tatsächlich: „Wir kommen aus dem Westen! Aus dem Ruhrgebiet!" Wow, ich bin so verdattert, dass ich gar nicht weiß, was ich darauf sagen soll! So antworte ich: „Ach so, aus dem Ruhrpott!" Es gibt doch wohl tatsächlich noch Menschen, die noch nichts von der Wende gehört haben, na, es sind ja auch erst bisschen über 30 Jahre her, da kann die Welt in kleinen versteckten Orten schon mal stehenbleiben. Eigentlich möchte ich gleich das Gespräch beenden und proste Leni erst mal wieder zu, die das auch versteht und vor sich hin schmunzelt. Aber nun möchten die beiden doch gerne wissen, was zwei Frauen aus dem Osten auf dem Jakobsweg zu suchen haben. Sie erzählen, dass sie Ingeborg und Hannes heißen und zum ersten Mal den Weg laufen, aber nicht den Küstenweg, sondern den, der ein bisschen mehr durchs Land führt, da sähe man ja viel mehr und könne sich auch mehr über Geschichte bilden. Ingeborg muss ihren Fuß hochhalten, da sie vom vielen Laufen wohl eine Entzündung hat. Hannes hat jetzt nicht so viel zu sagen und geht schon mal hinein zum Bezahlen. Wir wundern uns, da der Kellner doch auch hier draußen abkassiert, na ja, geht ja sicher auch. Als er nun wieder raus kommt, zeigt er dann auch seiner Frau gleich den Kassenbon und sie werten aus, ob der Kaffee nun günstig oder teuer war, es geht da um 1,50 Euro, den der Kaffee kostete. Wir können ja fast nicht mehr! Das ganze Klischee! Sogleich rufen wir den Kellner und bestellen lautstark noch jeder ein Glas Wein. Da versteht wahrscheinlich Ingeborg auch die Welt nicht mehr und schnurstracks verabschieden sie sich. Eigentlich sendet der Weg uns immer die Pilger, die wir haben möchten und die für uns eine Bedeutung haben, aber die da müssen ja wirklich nicht sein! Aber wer weiß, vielleicht können wir ja doch noch was lernen von so erfahrenen Westlern... Gut gelaunt brechen wir nun auch auf und machen noch einen kleinen Bummel durch den Ort und natürlich nehmen wir auch noch ein bis zwei Geschäfte mit. Hinter dem Marktplatz steht ein ziemlich hässlicher kleiner Neubaublock und wir wundern uns, da er so gar nicht hier reinpasst.

Ganz in der Nähe sehen wir Hannes und Ingeborg herumschleichen, die aber zum Glück andersherum um den Block laufen. Wir lesen jetzt, dass es eine Pilgerherberge ist. Na, das ist klar, dass die beiden hier übernachten, und besser nicht in unserem Hotel. Wir laufen auch schnell weiter, da wir keine Lust haben, den beiden nochmal zu begegnen.

Endlich wieder im Hotel, geht es nach Dusche und Umziehen weiter zum Abendessen. Heute können wir gleich im Hotel essen und sind ganz überrascht, wie viele Pilger schon dasitzen. Wir finden nur noch draußen auf der kleinen Terrasse einen Platz, na, da ist es wenigstens nicht so laut und wir haben ja immer noch über 30 Grad, was wirklich ungewöhnlich ist für April. Zum Essen gibt es allerdings keine Auswahl, sondern nur Hähnchenkeule und Pommes, das ist ja so gar nicht unser Essen!

So, wie bei dieser Massenabfertigung befürchtet, sieht es dann auch aus. Es ist so schlecht, die Keule ist nicht durch und die Pommes sind auch nicht zu genießen. Ich weiß gar nicht, was man da falsch machen kann, das war jetzt mal das schlechteste Essen von ganz Spanien und Portugal zusammen! Zum Glück hatten wir ja am Nachmittag leckere Sachen, da sind wir nicht so hungrig. Dem Kellner ist das wohl auch unangenehm, da er ja sieht, dass unsere Teller noch reichlich voll sind, und er fragt uns, ob er uns noch was bringen kann. Wir fragen, ob er nur noch ein wenig Brot und Oliven hätte, das würde uns reichen. Erfreut, dass er uns noch etwas bringen kann, kommt er auch gleich damit angerannt. Na bitte, geht doch! Zum Dessert gibt es ein winziges Eis am Stiel, sodass wir schließlich nicht übermäßig satt sind, na ja, es schläft sich so auf alle Fälle besser.

Dienstag, 8. Tagesetappe

Caldas de Reis nach Padrón

Am nächsten Morgen ist schon früh sehr lautes Gewimmel im Frühstücksraum. Hier treffen alle Pilger von den verschiedensten Wegen aufeinander, um die letzten Stationen nach Santiago zu absolvieren. Tja, nun wird es voll, ist wahrscheinlich auch wieder nicht richtig schön. Wir sagen mal nach rechts und links „Guten Morgen" und „Buenos Dias" – aber irgendwie erhalten wir keine Reaktion. Schauen uns alle nur komisch an und setzen ihre Unterhaltungen fort. Schon auch seltsam. Am Nachbartisch sitzen 3 Mädels mit Thüringer Dialekt, die intensiv ihren heutigen Weg planen, ich weiß gar nicht warum, die Wegweiser kann man gar nicht übersehen und die Massen von Pilgern auch nicht. Na, wir brauchen da jedenfalls keinen Plan, das schaffen wir auch so.
Nach dem Frühstück, wir waren mal wieder fast die letzten, gehen wir nun gemütlich mit unseren Wanderstöcken auf den Weg. Heute am Morgen ist es noch ganz schön frisch, aber wir laufen ziemlich zügig und es wird dann doch schnell warm. Wir treffen viele weitere Pilger und grüßen nun unentwegt „Buen Camino!".

Nach einer Weile finden wir auch sogleich einen netten Ort mit einem netten Lokal, wo wir einen Kaffee trinken wollen, das klappt hier in Spanien wieder mal ganz toll. Leni bestellt einen Kaffee und ich entscheide mich dann doch für ein Bier. Das Bier ist hier sehr leicht und lecker, so ähnlich wie bei uns ein Alster und löscht hervorragend den Durst. Frisch gestärkt geht`s weiter. Wir verlassen den kleinen Ort und gehen einen sehr schönen Weg durch Wald und Flur. Es ist recht voll von anderen Pilgern, und natürlich treffen wir auch Hannes und Ingeborg.

Ingeborg läuft einen halben Kilometer vorneweg und Hannes trottet hinterher. Wir überholen dann erst den einen, dann die andere und grüßen freundlich „Buen Camino". Sie winken auch nett zurück und setzen ihren Weg fort. Nach ein paar Kilometern kommt eine weitere hübsche Stelle zum Pause machen. Es sitzen schon einige Pilger auf Bänken oder Baumstämmen und ruhen sich aus, und mittendrin entdecken wir auch wieder

Hannes und Ingeborg. Ist ja komisch, kannten die schon wieder eine Abkürzung, oder wie kommt es, dass sie schon wieder vor uns da sind? Es ist ja wie bei Hase und Igel. So langsam glaube ich doch, dass die beiden für uns irgendwas zu bedeuten haben...

Inge sitzt auf einem Baumstamm und hält ihren Fuß hoch und Hannes läuft und besorgt etwas Wasser aus der Quelle. Inge betont zwar extra, dass sie nur etwas Wasser brauchen, um den Fuß zu kühlen, sie füllen aber eifrig auch ihre Trinkflaschen auf. Kann man ja auch machen wie man will, und braucht sich dafür nicht zu rechtfertigen, wir hatten auch nicht nachgefragt. Aber hier gibt es das Wasser umsonst. Na, eben jeder wie er kann und möchte. Wir brauchen jedenfalls keine Pause und laufen entspannt weiter, immer noch am Überlegen, was die beiden für uns zu bedeuten haben.

So laufen wir, zum Glück erneut durch den Wald, denn es sind bestimmt über 30 Grad, vor uns hin. Als wir wieder ein nettes Lokal sehen, beschließen wir sogleich, dass es jetzt aber Zeit für eine Mittagspause sei. Hier treffen wir auch alle anderen Pilger wieder, die schon seit dem Frühstück mitgewandert sind. Auch die drei Mädels, die am Nebentisch heute früh gesessen und so eifrig geplant haben, sind gerade erst gekommen, obwohl sie morgens so schnell losgerannt sind. Es ist auf diesem Weg immer wieder seltsam, wie man sich dauernd trifft, obwohl jeder ein anderes Tempo und einen anderen Weg hat. Wir suchen uns draußen ein schattiges Plätzchen und gehen dann rein, um uns was zum Essen zu holen. Alle sind hier schon fleißig am Essen, denn es gibt sehr viele leckere Sachen. Eine Dame aus Amerika erklärt uns, dass wir unbedingt den Kartoffel-Salat probieren sollten, der schmecke ganz vorzüglich! Nach kurzem Überlegen entscheiden wir uns aber doch wieder für eine spanische Suppe mit Brot und Wein, als komplettes Menü. So sitzen wir draußen und genießen erneut ein leckeres Mahl. Jetzt sehen wir Hannes um die Ecke schleichen, der anscheinend mit letzter Kraft den Tisch erreicht und sich erschöpft auf den Stuhl fallen lässt. Von Ingeborg ist keine Spur, sie wird ja hoffentlich nicht ihren Mann verloren haben? Wir wollen gerade fragen, ob wir ihm irgendwas zum Trinken oder Essen holen können, da er offensichtlich nicht mehr aufstehen kann oder will. Da kommt Ingeborg um die Ecke geschossen und schimpft, dass sie extra noch ein Stück weitergelaufen sei, aber den Supermarkt, der hier im Reiseführer steht, nicht gefunden habe. Sie wollte wohl im Supermarkt was zum Essen kaufen, weil es dort günstiger wäre. So steht sie nun schimpfend neben Hannes und denkt gar nicht daran, hier in der Gaststätte eine Pause zu machen und vielleicht noch was zu essen, das scheint gar nicht in Frage zu kommen. Hannes sitzt weiterhin da wie ein begossener Pudel und bewegt sich kein Stück mehr. So bleibt ihr nichts weiter übrig und sie fragt dann in einem ziemlich unwirschen Ton: „Dann muss ich dir wohl hier was holen, was willst du denn trinken?" Er antwortet: „Gerne ein Tonic, mit dem Essen halte ich noch ein wenig aus, ich werde schon nicht gleich verhungern". Diesmal fällt uns dann bald die Kinnlade herunter, das glaubt ja kein Mensch! Man kann ja wohl nicht so geizig sein, wenn man schon kurz vor dem Abklappen ist, noch sparen zu wollen. Unser Mittagsmenü kostet glatte fünf Euro, da fehlen uns nun wirklich die Worte. Ingeborg kommt mit dem Tonic wieder heraus, stellt es Hannes vor die Nase und geht dann ohne auch nur rechts und links zu schauen los, um den nächsten Supermarkt zu suchen. Na, ich weiß nicht, was so etwas zu bedeuten hat, wir wundern uns nur, wollen beim Abräumen noch fragen, ob Hannes doch was essen möchte, was uns aber dann auch irgendwie zu unangenehm ist. Er steht auch in dem Moment auf, wünscht einen guten Weg und trabt davon.

Wir laufen ebenfalls weiter, aber irgendwie nicht mehr so fröhlich, jeder hängt seinen Gedanken nach und trottet vor sich hin. Heute ist unsere Tour nicht ganz so lang und wir erreichen schon am frühen Nachmittag Padrón. Am Ortseingang finden wir gleich mal wieder einen Kiosk, der alle möglichen Reisesouvenirs verkauft. Leni zieht es sofort hin, und voller Freude ersteht sie ein paar Andenken, die ihr noch gefehlt haben, ha, ha. Wir bekommen dann beide noch einen Anhänger, eine helfende Pilgerhand, für den Rucksack geschenkt. So ist unsere Laune wieder gestiegen und wir marschieren sehr fröhlich weiter. Es ist eben immer wieder gut, wenn man sich ein wenig belohnen kann, auch mit kleinen Sachen. Heute liegt unser Hotel etwas außerhalb von Padrón, in dem Vorort Lestrove. Uns wird in der Tourenbeschreibung ein extravagantes Hotel versprochen, mit vielen Annehmlichkeiten und einer großen Sonnenterrasse inklusive Pool. Es fällt uns zwar sehr schwer, bei der Hitze nun noch einen Ort weiter zu laufen, auch wenn es nur ein paar Kilometer sind, da wir ja im Kopf schon dachten, wir wären da. Aber der Pool! Wir erreichen mit viel Mühe den kleinen Vorort, wo nicht viel los ist. Wir treffen einen jungen Mann und fragen nach dem Weg zum Hotel, um sicher zu gehen, keinen Schritt mehr zu viel machen zu müssen. Er sagt, dass es noch ein Stückchen zu laufen wäre, aber er würde uns hinbringen, da der Eingang schwierig zu finden sei. Wir sind damit sehr zufrieden und durch die Unterhaltung vergeht dann auch das letzte Stück schnell.

Wir kommen nun in dem spektakulären Hotel an. Es ist eine größere Hotelanlage, die terrassenförmig gestaltet ist – und wo wir natürlich wieder auf die oberste Terrasse müssen. In Serpentinen laufen wir nach oben. Vor dem Haus stehen dann unsere Koffer und wir dürfen diese auch noch eine Treppe hoch schleppen. Im Vorbeigehen sehen wir schon die Sonnenterrasse und den Pool, aber wie kann es anders sein, der Pool hat kein Wasser. Ich schaue nun gleich nochmal nach, aber der Pool wird gerade renoviert und die Terrasse ist auch noch geschlossen! Meine Laune ist sogleich wieder auf dem Tiefpunkt. Es darf ja wohl nicht wahr sein, auf dieser Reise gelingt es mir wohl nie, in einen Pool zu springen, es ist so schrecklich…

Da nun mal noch keine Saison ist werden noch alle Renovierungsarbeiten erledigt und es ist üblicherweise um diese Jahreszeit noch nicht so heiß. Etwas wütend und traurig laufe ich die Serpentinen wieder hinunter und frage an der Rezeption, ob wir einen kühlen Sangria bestellen können, aber leider ohne Erfolg, nur ein Glas Wein kann ich haben, na besser als nichts. Ich muss uns zum Abendessen anmelden und frage dann rein zufällig, ob es hier noch Massagen gibt. Sie bejaht und sagt, dass sie den Masseur bestellen kann, und in einer Stunde könne es los gehen. Na toll, wenigstens das scheint zu funktionieren! Ich bestelle für mich eine komplette Massage und für Leni nur Nacken und Schulter. Schon fast beim Losgehen frage ich: „Wo sollen wir denn hingehen zur Massage?" Ich dachte mir, dass es bestimmt in dem Bereich Terrasse und Pool wäre. Sie verneint und sagt nur „Auf dem Zimmer!" Na, ich denke, vielleicht werden wir vom Zimmer abgeholt, da ja hier alles noch nicht so richtig offen hat, und gehe also mit meinem Wein wieder nach oben. Wir haben noch eine Stunde Zeit, können also ganz in Ruhe duschen und entspannen. Es ist nicht ganz so, wie erwartet, aber wir machen wie immer das Beste daraus. Auf dem Pilgerweg ist eben alles, wie es ist. Eine Stunde später klopft es an der Tür und ich springe auf, in Sportsachen, bereit mitzugehen zur Massage. Vor der Tür steht ein smarter junger Mann mit zusammenklappbarer Massageliege und fragt, ob er eintreten könne, wir hätten Massagen bestellt. Ich muss vor lauter Schreck laut loslachen und schlage somit gleich die Tür wieder zu. Leni sieht mich so verwundert an, sie liegt nur in Schlafshirt auf dem Bett, und fragte, was los sei. Ich sagte ihr, sie solle ruhig liegenbleiben, wir hätten uns wohl einen Callboy aufs Zimmer bestellt! „Was?" schreit sie und springt hoch. Ich kann jetzt nur noch zu dem jungen Mann rufen: „Einen Moment, bitte!" bevor wir uns ausschütten vor Lachen. Nach ein paar Minuten haben wir uns dann beruhigt, Leni hat sich was angezogen und ich bitte den „Callboy" herein. Er baut dann wirklich in unserem Zimmer seine Massageliege auf und da ich mit der Ganzkörpermassage zuerst dran bin, verlässt er noch mal diskret das Zimmer und sagt, ich solle mich schon mal auf die Liege legen und rufen, wenn ich bereit sei. Es ist schon eine komische Situation, die ich so auch noch nicht hatte, und ich versuche immer noch, meinen Lachanfall in den Griff zu bekommen. Ich bin wirklich froh, dass wir zu zweit auf dem Zimmer sind, ich glaube, in einem Einzelzimmer wäre es wohl noch komischer und unangenehmer gewesen, und ich weiß nicht, ob ich mich dann so hätte entspannen können. Der junge Mann macht sich nun an die Arbeit, fängt an den Fußsohlen an und knetet sich dann weiter hoch. Leni sieht vom Balkon aus zu und so kann ich dann diese Massage bei Vogelgezwitscher auch restlos genießen.

Anschließend ist Leni dran, die sich nun auch darauf gefreut hat und sich der Behandlung von Nacken und Schulter hingibt. Nach etwa 1,5 Stunden ist er dann fertig mit uns. Er hat seine Arbeit wirklich sehr gut gemacht, wir fühlen uns super erholt und entspannt und danken es mit einem guten Trinkgeld. Wir fragen dann doch noch, ob es so üblich sei, auf den Zimmern zu massieren und ob er oft bestellt würde. Er erzählt, es sei sehr unterschiedlich und in jedem Hotel anders und da er von außerhalb immer erst herfahren müsse, versuche er wenn möglich mehrere Aufträge hintereinander zu haben, damit sich die Fahrt lohne. Er bedankt sich vielmals für sein Trinkgeld und zieht mit seiner Liege weiter zum nächsten Hotel. Völlig gelockert und glücklich entspannt gehen wir nun zum Abendessen, es ist so wundervoll, wenn einem nichts mehr wehtut. Der Gastraum ist schon gut gefüllt, da wir ein bisschen spät dran sind. Wir sehen uns nach einem Tisch um, und müssen erst ein wenig suchen, bis wir in einer Ecke noch einen kleinen freien Tisch sehen, vorn sitzen gleich die drei Mädels, die wir ja schon ein paar Mal gesehen haben, und die immer ganz eilig rennen. Sie sitzen an einem großen Tisch für fünf Personen und sehen uns nur zu, wie wir einen Tisch suchen, hätten uns ja auch mal mit ran bitten können. Na komisch, dieses Mal auf diesem Weg ist es eben alles ein bisschen anders, oder vielleicht sind die Deutschen besonders stur.

Das Essen heute ist wieder mal köstlich, sodass dann dieser Tag auch sehr genüsslich ausklingt. Als Letzte verlassen wir den Gastraum und laufen wieder den Weg nach oben in unser Haus. Da es abgeschlossen ist, wollen wir unsere Zimmerkarte für die Haustür nutzen, was aber nicht funktioniert. Na, so was wieder! Ich laufe also wieder runter und versuche noch jemanden zu finden, der uns helfen kann. Vor dem Gastraum sitzen da noch die drei Mädels mit einem Glas Wein und starren mich groß an, ohne auch nur ein Wort von sich zu geben. Ich klopfe an der Rezeption und die Frau ist auch nicht so begeistert, noch mit mir nach oben laufen zu müssen, aber es hilft ja nichts, wir müssen ja wohl ins Zimmer. Als wir wieder an den dreien vorbeikommen, schauen die uns nur wieder genauso komisch hinterher. Na ja, man hätte sich auch mal noch gemeinsam austauschen oder noch einen netten Abend haben können, aber dann hätten die vielleicht etwas sagen müssen! Na egal, wir hatten jetzt auch keine Lust mehr dazu, wenn die Chemie nicht stimmt, kommt keine Stimmung auf. Wir kommen nun also doch ins Haus und bei unseren Zimmern funktioniert die Karte zum Glück doch noch. Wir fallen gleich ins Bett und freuen uns auf unseren letzten Wandertag morgen.

–

Am Nachmittag lief Ingeborg wütend aus der Gaststätte. Sie wollte einfach kein Geld zusätzlich ausgeben, um hier unnütz was zu essen. Das wollten sie ja gleich in der Herberge tun. Sie würde bestimmt bald diesen Supermarkt finden, was Nettes einkaufen und dann in Ruhe in der Herberge ausruhen. Sie wollten ja sowieso noch einmal eine zusätzliche Nacht einschieben, damit sie ihren Weg schaffen könnten und nun trödelte Hannes schon wieder herum. Am Morgen sagte er, dass er noch diese und jene Sehenswürdigkeit anschauen wollte und dazu noch ein wenig Zeit bräuchte. Inge ärgerte sich, dass er trotz seiner gesundheitlichen Probleme so unvernünftig war, und sie mit ihrem schmerzenden Fuß immer mit musste. Deswegen rannte sie doppelt so schnell, trotz Schmerzen und wollte auf Hannes keine Rücksicht nehmen. Zwar hatten sie auf diesem Weg schon einmal einen Warnschuss erhalten, hatten sich versöhnt und wiedergefunden, aber nach ein paar Tagen doch wieder irgendwie verloren. „Hoffentlich schaffen wir das bis Santiago", dachte nun Ingeborg. – Immer wieder beweist die Erfahrung, dass keiner so leicht aus seiner Haut kann, geschweige denn sich oder gar noch den anderen verändern kann. Man ist nun mal so, wie man ist. – Da sie nun sehr mit ihren Gedanken beschäftigt war, merkte sie gar nicht, das sie immer schneller wurde. Es ging auch gut bergab, da wird man auch ohne großes Zutun schneller, aber da sie mit ihren Gedanken woanders war, achtete sie nicht besonders auf den Weg, und es kam, wie es kommen musste, sie stolperte und stürzte. Inge lang am Boden und brach laut schreiend in Tränen aus. Es war ihr schmerzender Fuß, der umgeknickt war und sie zu Boden gerissen hatte. Es war wirklich zum Verzweifeln, da alles schiefzulaufen schien. Natürlich war hier in dieser Ecke kein Mensch zu sehen. Inge robbte sich an die Seite und versuchte mit ihrem restlichen Wasser das Bein zu kühlen. Sie suchte nach ihrem Handy und versuchte nun Hannes zu erreichen. Es dauerte ein paar lange Momente, bis Hannes ans Telefon ging. Er war aber schon ganz in der Nähe, so dass sie in Ruhe auf ihn warten konnte. Hannes kam zügig angelaufen und sah sich die Bescherung an. Er meinte nur, „es bleibt uns aber auch nichts erspart! Ich muss wohl einen Krankenwagen rufen, denn so können wir nicht weiter." Nach einer halben Stunde kam der Krankenwagen und holte sie ab. Inge und Hannes waren jedoch sehr zufrieden, dass sie dieses Mal wenigstens zusammen waren. Sie wurden nun nach Padrón in ein nahegelegenes Krankenhaus gebracht. Der Fuß wurde geröntgt und ruhiggestellt und war zum Glück nicht gebrochen. Auch Hannes wurde wegen seines hohen Blutdrucks nochmal untersucht und so konnten bzw. mussten beide eine Nacht im Krankenhaus verbringen und sich ausruhen.

„Das ist ja eine turbulente Reise", meinte Ingeborg, die nun doch merkte, dass sie sich in solchen Situationen aufeinander verlassen konnten. Wahrscheinlich brauchte man nach so vielen Ehejahren mehrere solcher Ereignisse, um das zu kapieren, vielleicht war der Weg dann doch nicht umsonst. So schliefen sie sehr ruhig und auch ein bisschen zufrieden ein. Am nächsten Morgen konnten sie das Krankenhaus wieder verlassen, Inge noch etwas humpelnd, aber beide glücklich. So marschierten sie zum Bus, und beschlossen, bis kurz vor Santiago mit dem Bus zu fahren und dort noch einen Tag Pause einzulegen und dann ganz in Ruhe in Santiago anzukommen.

Mittwoch, 9. Tagesetappe

Letzter Wandertag nach Santiago de Compostela

So, nun ist es schon wieder soweit! Es ist schon wieder der letzte Wandertag. Heute sind nur 22 Kilometer angesagt, das schaffen wir doch mit links!

Wir sind gut ausgeschlafen und pünktlich beim Frühstück, da wir auch frühzeitig loslaufen wollen, bevor es wieder so heiß wird. Unser Frühstück ist auch heute wieder sehr lecker und wir sind nun gut gerüstet für den letzten Tag. Gegen neun Uhr starten wir, sehr pünktlich, unsere Tour. Leni sagt: „Wir müssen hier noch auf einen nahegelegenen Berg, auf dem in einer Kirche ursprünglich die Knochen des heiligen Jakob gelegen haben sollen." Ich staune immer wieder, woher sie das alles weiß, und sie sagt immer „alles Google". Nun gut, wir haben ja Zeit und auch nicht so viel Kilometer vor uns, da machen wir noch gerne eine kleine Extratour auf einen Berg, was soll's. Es geht also wieder viele Stufen den Berg hinauf, wir schnaufen jetzt schon ganz schön und als wir oben ankommen - ist keine Kirche zu sehen, na toll! Wir finden zwar ein Kreuz und ein paar Steine und eine kleine Kapelle, aber eine Kirche ist nicht in Sicht. Außerdem überholt uns nun eine ganze Schulklasse, die wohl einen Ausflug an diesen wichtigen Ort hier machen. Sie rennen auch einmal ringsherum und dann geht es wieder nach unten. Wir folgen ihnen, vielleicht wissen die ja, wo diese Kirche ist. Es ist eine Schulklasse aus Frankreich, jedenfalls sprechen alle Französisch und drängeln sich nun mit uns zusammen die Stufen runter. Kurz bevor wir unten sind geht ein Weg zur anderen Seite hin wieder nach oben. Also dann wieder weiter im Gedränge, Leni will unbedingt zu dieser Kirche und ich dann wohl auch. Was man angefangen hat, muss man auch zu Ende bringen, das ist schon immer meine Devise gewesen. Endlich sind wir oben angekommen und die Kirche ist in Sicht, nur leider geschlossen! Na so was, ist ja nicht zu fassen, es gibt auf diesem Weg nicht nur geschlossene Restaurants, sondern auch geschlossene Kirchen. Nun ja, die Knochen des heiligen Jakob sind ja bereits in Santiago und da können wir sie dann noch ansehen. Wir warten nun aber einen Moment, um uns nicht wieder mit den ganzen Kindern zu drängeln, und laufen dann nach unten, um endlich nach Santiago zu starten. Das waren dann fünf bis sechs Kilometer umsonst! Es wird auch schon ziemlich warm und wir sollten uns sputen. Wir treffen wieder alle Pilger, die wir schon die letzten zwei Tage immer getroffen haben, auch unsere drei Thüringer Mädels, die wie bekannt losrennen. Nur Ingeborg und Hannes haben wir heute noch nicht gesehen, vielleicht müssen die beiden doch mal Pause machen. Komisch ist aber wieder: wir überholen ständig alle, und an der nächsten Gaststätte sind sie vor uns da, dieses Phänomen hatten wir schon des Öfteren. Aber egal, Hauptsache, wir schaffen alles in Ruhe, haushalten mit unseren Kräften und kommen überhaupt an, das haben wir auf diesem Weg jedenfalls gelernt. Wir machen nur kleine Trinkpausen brechen wir immer schnell wieder auf, um nicht zu viel Zeit zu vertrödeln. Es folgt das übliche bergauf und bergab, und auch durch die gewohnt wunderschönen Eukalyptuswälder, wo wir zum Glück ein wenig vor der Sonne geschützt sind. Endlich wird mal wieder ein Gasthaus angekündigt und wir würden gerne eine Pause machen. Nun ja, wir kommen oben an: geschlossen! Es zieht sich durch wie ein roter Faden! Auf dem kleinen Platz davor stehen ein paar Bänke, wo auch schon ein paar Leute sitzen. Aber immerhin, eine Bank ist noch für uns frei und ein paar Kleinigkeiten zum Essen und Trinken haben wir noch. An der Seite steht sogar ein Bus, der bestimmt wieder eine Reisegruppe, die mal ein paar Kilometer gepilgert sind, einsammeln wird. Dieses Mal kommen wir gleich ins Gespräch, sind ja auch keine sturen Deutschen, die immer nur rennen. Es ist eine Reisegruppe aus Kalifornien, alle schon etwas älter. Der Bus hält immer in gewissen Abständen und wartet dann auf die, die ein bisschen pilgern möchten und die anderen ruhen sich gleich im Bus aus, oder auf Sitzbänken davor. Eine der Damen macht erst mal ihr Handy an, und spielt laut Musik und tanzt dazu. Sie sind alle sehr lustig und erzählen uns auch sogleich ihre Lebensgeschichten. Sie sind fast alle über achtzig Jahre alt und machen jedes Jahr eine solche Tour, solange sie noch fit sind oder sie es sich leisten können, denn es ist sehr teuer, so ca. 8.000 Dollar bezahlt man für eine solche komplette Reise. Einige gehen sogar noch arbeiten, um sich solche Touren zu gönnen. Sie sind alle Multi-Kulti und irgendwann in Kalifornien gelandet. Eine Dame erzählt uns, dass sie als Empfangsdame in einem sehr teuren Hotel in Abu Dhabi arbeitet, nur so kann sie es sich erlauben, regelmäßig zu reisen. Alle Achtung, wir sind stark beeindruckt, dass man das auch noch mit über Achtzig schafft!

Der Busfahrer gesellt sich nun dazu und einen Pfarrer haben sie auch dabei. Eine andere Dame sagt: „Hätte ich gewusst, dass wir hier jeden Morgen zur Messe müssen, wäre ich nicht mitgefahren" und lacht zu dem Pfarrer hinüber. Der nimmt es locker und tanzt gleich mal eine Runde mit ihr. Ja, ja, Hauptsache Spaß haben, immer gut essen und trinken, nur nicht so viel pilgern, ha, ha... So eine lustige und entspannte Runde hatten wir schon lange nicht mehr und so fühlen wir wieder den besonderen Spirit des Jakobswegs.

Wir verabschieden uns nun und ziehen beschwingt weiter, und sind auch so wieder erholt und gut gelaunt. Auf geht's zum Endspurt, es kann ja nun nicht mehr so weit sein. Da haben wir uns aber ganz schön geirrt! Wir laufen und laufen und laufen, immer in der glühenden Sonne. Keine Möglichkeit einzukehren, wir sind schon total fertig, müssen auch jetzt wieder viel Straße laufen, mal durch einen kleinen Vorort, dann mal noch ein Berg oder eine kleine Extrarunde, weil wir einen Abzweig verpasst haben.

Es ist zu blöd, dass sich der Weg jetzt so lange hinzieht! Wir warten irgendwie auf ein Schild, das uns anzeigt, dass wir schon in Santiago sind. Ich dachte auch, dass wir wieder an den übergroßen Pilgerfiguren vorbeikommen, die auf Santiago blicken und uns den Weg weisen. Aber nichts in Sicht! Na ja, wir kommen auch von einer anderen Seite, da ist es eben anders – aber blöd! Wir laufen jetzt in ein großes, hässliches Neubaugebiet, es wird wohl schon Santiago de Compostela sein. Irgendwie hätten wir doch ein Ortseingangsschild erwartet! Wir laufen nun bei 35 Grad eine große Straße entlang, rechts und links unschöne Häuserblöcke und wir triefen schon aus allen Löchern. Zum Trinken haben wir schon eine ganze Weile nichts mehr, und suchen verzweifelt wenigstens einen Supermarkt zum Wasser kaufen, denn Quellen gibt es hier nicht mehr. Schon fast am Verdursten finden wir endlich einen Obststand, wo wir Wasser bekommen. Wir sitzen völlig fertig auf ein paar Steinen und fragen uns, ob das wohl der Einmarsch in Santiago sein soll, das ist ja furchtbar! Leni googelt mal wieder nach dem Weg in unser Hotel und da das ein ganzes Ende vor der Kathedrale liegt, beschließen wir, erst mal dorthin zu gehen und eiskalt zu duschen. Es ist ja auch schon 18.00 Uhr, das hätten wir auch nicht gedacht, so spät hier anzulanden. Wir schwingen uns, ein wenig demotiviert, wieder hoch...

Es zieht sich noch eine ganze Weile durch die Stadt, bis wir endlich an unserem Hotel ankommen. Völlig fertig fallen wir erst mal aufs Bett und verschnaufen. Es ist irgendwie kein Ankommen, keine Erlösung nach der Quälerei und kein übergroßes Glücksgefühl. Da es schon spät ist, und wir ja noch in die Kathedrale wollen, beschließen wir, nicht mehr zu duschen, sondern gleich, so wie wir sind, zur Kathedrale zu laufen, damit wir die Pilgermesse noch schaffen und dann wenigstens ein Glücksgefühl des Ankommens haben. Außerdem sind wir Pilger und dürfen dann auch danach riechen!

Nun rennen wir also wieder los, ignorieren den Hunger und den (Schweiß-)Duft, der uns umweht, um pünktlich in die Kathedrale zu kommen. Als wir dann endlich da sind, ist die Messe schon längst im Gange und dadurch die Türen geschlossen. Wir rennen von einem Eingang zum anderen und jedes Mal werden wir weggeschickt, da während der Messe keiner hineinkommt. Ich bin wütend und sauer und weiß gar nicht, wie ich mich beruhigen soll. Am Ende unserer Kräfte und am Ende unseres sehr anstrengenden Weges kommen wir noch nicht mal mehr in die Kathedrale... Ich kann überhaupt nicht mehr denken, vor lauter Wut! So rennen wir bestimmt zum dritten Mal um diese blöde Kathedrale, bis endlich die Türen wieder aufgehen, die Messe zu Ende ist, und wir dann hineindürfen. Völlig erschöpft sitzen wir nun auf der Bank und müssen erst mal wieder zu uns kommen. Man kann noch den Weihrauch riechen, der wahrscheinlich aus diesem überdurchschnittlich großen Weihrauchfass kommt. Na toll, das wollten wir schon im letzten Jahr gern sehen, wenn es durch die ganze Kirche fliegt, was nur passiert, wenn genügend Leute eine große Spende geben, und nun haben wir das auch noch verpasst! So sitzen wir fast eine Stunde und beruhigen uns langsam. Zum Schluss gehen wir dann ganz entspannt durch die Kirche, bis zur Mitte, wo es etwas hinuntergeht in die Krypta, in der die Gebeine des heiligen Jakob liegen. Normalerweise stehen dort immer viele Menschen an, aber da es schon so spät ist, haben wir freie Bahn. Wir stehen andächtig davor und ich überlege, ob nun auch ohne Weihrauchfass die Sünden vergeben sind! Ich frage, so still für mich, beim Heiligen Jakob mal an, ob wir vielleicht

morgen noch mal die Chance haben, das Weihrauchfass durch die Kirche fliegen zu sehen. Wir
sind ja noch fast zwei Tage in Santiago de Compostela und würden auch noch ein paarmal die
Pilgermesse besuchen, da hätte er noch Gelegen-
heit dazu, uns ein wenig zu belohnen, fragen
kann man ja mal, und ganz doll wünschen wohl
auch. Es bedarf insgesamt einer Spende von 200
Euro, dass ca. acht Mönche das Botafumeiro
(Weihrauchfass) über eine Seilwinde hochziehen
und durch die ganze Kirche schwenken lassen.
Die Stimmung in dieser Kathedrale ist aber auch
ohne das Fass jetzt trotzdem wieder überwälti-
gend, und so stellt sich endlich doch der Spirit
ein, den wir beim Ankommen erwartet haben, es
kommen sogar ein paar Tränen gekullert und wir
ziehen schon ein bisschen glücklich aus der Kirche.
Erst draußen merken wir, dass es schon fast 22
Uhr ist und wir fast vor Hunger umfallen. Wir
suchen nun schnell nach einem passenden Gasthaus. Es dauert noch, bis wir das richtige gefunden haben, überall ist es voll, überall sitzen viele
Pilger zusammen und feiern ihre Ankunft. Ja, da
ist es wieder, das tolle Gefühl, mit so vielen verschiedenen Menschen angekommen zu sein, nach
einem langen, harten Weg. Aber jetzt rein ins
nächste Gasthaus, sonst falle ich um. Wir haben
eine nette kleine, lustige Kneipe gefunden, in der
natürlich auch noch eine kleine Gruppe von Pil-

gern drin sitzt. Wir grüßen freundlich und werden auch mit Jubel begrüßt. Ganz schnell bestellen wir allerhand Tapas,
Käse und Oliven und eine Flasche vom besten Wein, denn den brauchen wir nun ganz dringend. Der Kellner lacht und sagt „Ich habe sowieso den besten Wein", na bitte, geht doch! Wir genießen das Flair und vor allem unser Essen und sind dann auch die Letzten, die gehen. So sind wir dann so gegen Mitternacht im Hotel und fallen völlig k.o. ins Bett. So viel an einem Tag, da hätte man fast drei draus machen können.

So, und morgen schlafen wir aus!

Donnerstag, Ein Tag in Santiago

Unser Hotel liegt in diesem Jahr auf der anderen Seite, hinter der Kathedrale, gegenüber eines schönen Parks und des Rathauses. Wir wohnen ganz oben und haben einen wunderbaren Blick auf das Rathaus, sehr schön. Wir können nur leider die Fenster nicht öffnen, da auch eine größere Straße dort lang führt. Es ist aber auch nicht weiter schlimm, abends ist es nicht mehr so laut und dann werden wir halt am Abend die kühle Luft rein lassen können. Dieses Mal ist es ein sehr modernes Hotel, leider nicht so viel alter Charme, aber sehr gutes Frühstück! Nach erholendem Schlaf genießen wir das auch in vollen Zügen. Wieder mal am Nachbartisch sitzen unsere drei deutschen Mädels, die auch hier ihr Quartier haben, vielleicht haben sie ja die gleiche Reise Organisation wie wir. Heute kommt wenigstens schon ein freundliches „Guten Morgen" zurück. Na, bitte, man steigert sich. Dann wurde sogar noch gefragt, wann wir denn angekommen seien, sie seien sogar noch etwas später dran gewesen als wir, hatten sich auch verlaufen. Heute wollten sie dann auch in Santiago umhergehen, oder wahrscheinlich sportlich durchrennen, und eventuell sogar in die Kathedrale. Na, Halleluja, da müssen sie aber aufpassen, dass sie nicht heilig werden, ha, ha...

Wir wollen zuerst einmal ins Pilgerbüro, unsere Pilgerurkunde abholen. Wie wir wissen, stehen da immer viele Pilger an und wir haben uns in diesem Jahr auch nicht vorher online angemeldet, aber wir haben ja Zeit. Mittags um 12.00 Uhr ist erst wieder Pilgermesse, das werden wir schon schaffen. So laufen wir also sehr gemütlich los, heute wollen wir auf keinen Fall schnell und übermäßig viel gehen. An der Kathedrale vorbei nach links in eine Seitenstraße zum Pilgerbüro, wissen wir noch vom letzten Jahr. Wir sehen schon die Schlange davor und müssen uns mit anstellen. Allerhand bekannte Gesichter entdecken wir nun auch, und freuen uns alle, dass wir es geschafft haben. Jeder muss sich erst mal an einem Computer registrieren und das dauert ein wenig, verschiedene Männer sind als Einweiser hier, passen auf, dass alles seine Ordnung hat und helfen bei der Eingabe der Daten.

Als wir nun so in der Schlange warten, kommen da doch Ingeborg und Hannes an, die sich nicht anstellen und gleich an der Seite vorbei sich rein drängeln wollen. Sofort werden sie von einem der Einweiser aufgehalten und gebeten, sich dort anzustellen. Ingeborg antwortet wie immer sehr resolut: „Nein, wir möchten ja keine Pilgerurkunde, die brauchen wir ja gar nicht, aber wir möchten den Pilgerstempel im Pilgerausweis, und dafür

brauchen wir uns nicht anmelden." Na, ob das
der nette Mann verstanden hat, er spricht jedenfalls kein Deutsch und schiebt sie erst mal zurück. Ingeborg lässt sich das aber nicht gefallen,
zeigt ihren Pilgerpass und deutet auf einen Stempel, schreitet an dem Mann vorbei und zog Hannes hinterher. Da kann man mal sehen, was das
Ruhrgebiet für Power hat! Sie kommen dann aber
doch nicht weit, bekommen nur kurzerhand einen
Stempel und werden dann wieder höflichst gebeten, zu gehen, damit die Anderen genügend Platz
haben, sich anzumelden. Beim Rausgehen kommen sie an uns vorbei und wir unterhalten uns
ein wenig. Wir beglückwünschen sie, dass sie es
auch geschafft haben. Ingeborg erzählt uns: „Es
war alles sehr aufregend und schwierig. Wir
mussten noch einen unfreiwilligen Zwischenstopp
einlegen und meinen Knöchel behandeln lassen,
aber zusammen haben wir es nun geschafft." –
„Na sehr gut!" antworte ich. Sie sehen ja trotzdem
richtig glücklich aus. „Aber die Pilgerurkunde
brauchen wir nicht, uns reicht der Stempel, das
ist Beweis genug! Die Urkunde liegt sowieso nur
in der Schublade und kostet unnötiges Geld." Ja,
das ist uns natürlich klar, den Geiz kann man
auch nach 250 Kilometern nicht ablegen, der ist
schon zu tief drin. Die Pilgerurkunde kostet ganze
drei Euro und in einer extra Papprolle dann acht
Euro, das kann man sich ja nach so viel Kilometern mal gönnen, auch wenn sie hinterher nur in

der Schublade liegt. Aber bitteschön, jeder wie er möchte. Hauptsache, sie sind damit glücklich und beide sind zufrieden, machen jedenfalls den Eindruck. Sie verabschieden sich und wollen dann doch noch in die Pilgermesse. Donnerwetter, das hätte ich ja jetzt nicht gedacht, wo Ingeborg doch extra betont hat, dass sie mit der Kirche nichts mehr im Sinn hat... Sollte sich das auf diesem Weg geändert haben?

Nachdem wir endlich auch dran sind und unsere Urkunden in den Händen halten, rennen wir los, um auch noch zur Pilgermesse zu kommen. Unterwegs sagt Leni: „Wir brauchen gar nicht so zu rennen, die Kirche ist schon wieder zu, da die Messe bestimmt pünktlich anfängt, und wir es wieder mal nicht schaffen." Okay, der zweite Versuch also auch misslungen. Na, hoffentlich fliegt jetzt nicht auch wieder das Fass ohne uns. Es ist nun mal nicht zu ändern, und wenn wir es noch sehen wollen, haben wir heute Abend und auch noch morgen früh einen Versuch, wird schon noch klappen! Ich bin da ganz optimistisch und baue da auf mein Zwiegespräch mit dem heiligen Jakob...

Wir laufen dann aber doch zügig zur Kathedrale, die natürlich zu ist. Nur, heute wissen wir Bescheid. Zur Kirche gehören auch ein paar Souvenir-Shops, das muss auch in der Kirche so sein, denn auch da muss Geld verdient werden. Also, ist ja auch unsere Lieblingsbeschäftigung, na dann mal hinein. Leni begutachtet den schönen Schmuck, diverse Ketten und Ohrringe. Ich schaue mir etwas gelangweilt die Auslagen an, und Leni lässt sich von der netten Verkäuferin alle möglichen Varianten zeigen. Ich denke nur, na die arme Verkäuferin, wir haben auf unserer Reise ja schon genügend Schmuck gekauft und ich gehe nicht davon aus, dass Leni schon wieder Ketten und Armbänder kaufen will. Als der Tisch nun voll von den wunderschönen Schmuckstücken liegt, rufen sie mich dazu, da Leni sich nicht entscheiden kann. Die Verkäuferin sieht aus wie ein Supermodel, einen riesigen Ausschnitt in einem engen roten Kleid, trotzdem wirklich wunderschön und super nett. Keine Frage, die hat's drauf und kann bestimmt gut Schmuck verkaufen. Sie präsentiert ihn auch immer auf ihrem Dekolleté und zeigt uns dadurch, wie toll der Schmuck aussieht und dass man den unbedingt braucht... Ich weiß gar nicht recht, wie ich bei so einer tollen Beratung dagegenhalten kann und Leni das ausreden kann, wo es ja wirklich toll aussieht. Wir lachen und scherzen eine ganze Weile mit der netten Dame, und sagen dann zum Schluss, dass wir morgen wieder kommen wollen und uns dann erst entscheiden können. Mit einem etwas schlechten Gewissen verlassen wir den Laden, denn die Verkäuferin hat sich so viel Mühe gegeben und weiß, dass die meisten nicht am nächsten Tag wiederkommen.

Nun herrscht wieder Ge-
tümmel vor der Kathedra-
le, die Messe ist zu Ende
und die Türen sind wieder
offen. Wir stürmen also
gleich hin, in der Hoffnung
noch den letzten Rest vom
fliegenden Weihrauchfass
zu sehen. Am Eingang
treffen wir die beiden älteren deutschen Herren, die
in dem netten Küstenhotel
so wortkarg waren. Aber
wie umgewandelt sind sie,
begrüßen uns sogar mit
einer Umarmung und be-
glückwünschen uns, an-
gekommen zu sein. Sie sind auch gerade ange-
kommen und haben es in die Pilgermesse geschafft und auch das durch die Kirche fliegende
Weihrauchfass gesehen. Das hat sie so überwältigt und aufgewühlt, dass sie uns jetzt über-
schwänglich begrüßen. Na, das muss ja toll sein –
und wir haben es nun zum zweiten Mal nicht geschafft! Wir müssen ihnen dann doch leider sagen, dass wir schon gestern angekommen sind,
und somit dieses Mal die Ersten waren. Die beiden sind aber so in ihrem Glück, dass sie darauf
gar nicht reagieren, und wir erklären ihnen nun
erst mal, wie sie ins Pilgerbüro kommen und die

Pilgerurkunde bekommen. Diesmal nehmen sie unseren Rat auch dankbar an, das Macho-Benehmen haben sie wohl in der Kirche gelassen! Auf dem großen Platz vor der Kirche treffen wir noch mehr Pilger, die gerade angekommen sind und die wir auf dem Weg alle mal getroffen haben, aber komisch, heute sind alle bereit, sich mit uns zu unterhalten und ihre Erfahrungen auszutauschen. Wir machen mit vielen Fotos und lassen uns anstecken von dem tollen Gefühl des Angekommen-Seins.

Nun müssen wir aber zum Hotel zurück bummeln, da wir uns dort mit Maria verabredet haben. Maria ist eine der fünf „Hexen" vom Jakobsweg, die einen großen Bio-Bauernhof betreiben. Im letzten Jahr auf unserem ersten Pilgerweg haben wir auf ihrem Hof angehalten und sie kennengelernt. Sie stellen dort Creme für Gesicht und Körper aus Kuhmilch und mit frischen Kräutern her, die dort alle sehr biologisch angebaut werden. Der Hof liegt in Monterosso, ca. 100 km entfernt von Santiago, aber wir sind ja dieses Jahr von einer anderen Seite gekommen und somit leider nicht bei ihnen vorbei gegangen. Wir hatten uns dort letztes Jahr natürlich ihre tolle Creme gegen alle Falten eingekauft und waren super glücklich damit. Darum hatte ich beschlossen, diese Creme auch bei mir im Salon zu verkaufen und habe seitdem eine offizielle Geschäftsbeziehung mit Maria und den „Muuhlloa"

Cremeprodukten. Ich bestelle also regelmäßig die verschiedenen Cremes und Kräuterhaarwasser. Die Firma Muuhlloa hat in Galicien auch schon etliche Preise bekommen für besonders biologischen Anbau und die daraus entstandenen Produkte, und sie freuen sich, dass die nun auch in Deutschland bekannt werden und Anklang finden. Leider ist das Porto für meine Bestellungen immer sehr, sehr teuer und ich wollte daher meine Produkte gern selber abholen, wo wir schon mal in der Nähe sind. Da wir ja zu Fuß sind, also kein Auto dabei und auch nicht so viel Zeit haben, dort mit dem Bus hinzufahren, hat Maria gleich vorgeschlagen, extra für mich nach Santiago zu kommen und mir meine Ware vorbeizubringen. Das fanden wir sehr nett von ihr und haben uns in unserem Hotel mit ihr verabredet. Wir hatten uns ja erst einmal gesehen und waren gespannt, ob wir uns erkennen würden. Wir sitzen nun also in einem kleinen Restaurant, gleich neben unserem Hotel, wo wir die Straße und den Hoteleingang im Blick haben, bestellen uns ein paar Tapas und einen Wein, und warten.

Es dauert aber gar nicht lange und ich sehe sie schon von Weitem kommen und rufe sie heran. Wir sind alle drei ganz überrascht, dass wir uns gleich wieder erkannt haben. Das war schon lustig, wir sitzen hier wie alte Freundinnen und unterhalten uns, ich in Englisch, Leni in Spanisch und Maria von beidem etwas, der Rest mit Händen und Füßen – und wir verstehen uns prächtig. Ich erzähle ihr, dass ich ein Buch geschrieben habe über unsere erste Tour und berichte, dass auch ihr Hof mit den Produkten darin vorkommt. Sie freut sich sehr darüber. Leni erklärt dann noch, dass wir den Eindruck hatten, sie wären Hexen (na höchstens vielleicht Kräuterhexen), und wir lachten uns alle kaputt darüber. Doch Maria erklärt uns, dass wir da ganz recht haben, sie heißen in der ganzen Gegend „Die Hexen vom Jakobsweg" und vermarkten sich natürlich auch so! Nun prusten wir wieder alle los und schütten uns aus vor Lachen.

Leider muss Maria bald wieder los, da sie noch einen Termin in einem Kosmetikgeschäft hier in Santiago hat. Sie überreicht mir meine bestellten

Sachen und rauschte davon. Wir bringen alles gleich ins Hotel und bummeln danach gemütlich wieder los, um dieses Mal nun wirklich pünktlich zur Messe zu kommen. Ein paar Geschäfte nehmen wir natürlich rechts und links noch mit, aber wir sind dann rechtzeitig in der Kathedrale, die auch schon wieder sehr voll ist. Es ist immer wieder ein so tolles Gefühl, mit so vielen Menschen aus so vielen verschiedenen Ländern diese Pilgermesse zu erleben. Viele hat man schon mal gesehen und mit einigen ist man auch ins Gespräch gekommen und alle haben nun diesen Weg geschafft, das ist so eine starke, gemeinsame Verbindung und ein erhebendes Gefühl, das kann man gar nicht beschreiben. Ein paar Bänke vor uns sitzen dann auch eng umschlungen Hana und Min, na das freut uns ja riesig, dass sie es auch geschafft haben und sich wiedergefunden und vertragen haben. Man muss auf dem Weg schon ein bisschen was durchmachen, damit man am Ende auch das große Glücksgefühl erlebt. Von der anderen Seite sehen wir dann zuerst Ingeborg rennen und einen Platz suchen und dann Hannes wie immer hinterherschleichen. Auch bei den beiden hat der Weg wohl seine Wirkung hinterlassen. Vielleicht haben sie ja genügend Zeit auf dem Weg gehabt, über ihr gemeinsames Leben nachzudenken. Na sie haben es jedenfalls gemeinsam geschafft, und hatten auch bestimmt genügend

Qualen zu leiden, dass sie jetzt auch bereit sind, das erlösende Glücksgefühl zu erleben.

Als sich dann am Ende der Messe die acht Mönche bereit machten, das Weihrauchfass hochzuziehen, hätte ich vor lauter Glück platzen können. Es ist ein unglaublicher Moment, wenn das Botafumeiro über die Seilwinde nach oben geschwenkt wird, begleitet von ei-nem fast überirdischen Gesang und wenn dann alle irgendwie vom Weihrauch eingefangen werden. Es ist einfach der Hammer, wunderbar, und nicht zu beschreiben.

Überglücklich verlassen wir die Kirche, winken noch Hana und Min zu, denen es genauso geht, wir umarmen und verabschieden uns und wünschen ihnen alles Glück der Welt für ihr gemeinsames Leben. Min sagt: „Wir hätten uns beinahe verloren auf diesem Weg, aber der Glaube an uns selbst und unsere Verbindung hat uns stark gemacht. Der Weg hat uns verändert, und so werden wir bestimmt noch einige Male laufen und reisen, bevor wir weiter planen."

Hannes und Ingeborg sehen wir auch noch an der Seite sitzen. Wir wundern uns schon ein wenig, dass sie immer noch hier sind und es so lange hier in der Kirche aushalten, also gehen wir auch noch hin und verabschieden uns. Sie sehen ebenfalls sehr entspannt aus, Hannes übernimmt diesmal das Wort und meint: „Wir werden wohl zu Hause auch mal wieder öfter in die Kirche gehen, vielleicht hilft es uns ja, einander zu verstehen und gemeinsam etwas zu machen". Ingeborg hat dieses Mal auch keine Einwände, meint nur kurz: „das geht ja auch ohne Kirchensteuer", und lacht, schaut ihren Hannes dabei glücklich an. Na bitte, es hört ja alles sehr kitschig an, aber wer diesen Weg einmal geschafft hat, der weiß, dass sich da alle Dinge so zusammenfügen, wie es richtig ist.

Ich bin jedenfalls froh, ein bisschen daran teilhaben zu können und dadurch auch auf diesem Weg etwas mitzunehmen. Die vielen Schicksale und Probleme, die auf der ganzen Welt gleich sind. Wir müssen alle unsere Höhen und Tiefen erleben, aber so ein Weg kann einem auch mal eine Erleuchtung bringen. Auf alle Fälle hilft er, sich selbst zu erkennen, die Grenzen zu zeigen und die richtigen Schlüsse zu ziehen.

Nun laufen wir vom Glück und Weihrauchsegen noch benebelt die Straße entlang in die Altstadt. Wir suchen uns noch ein nettes Lokal, in dem wir etwas essen wollen, obwohl wir gar keinen Hunger haben. Ein paar Kleinigkeiten und ein leckerer Wein gehen aber immer. Anschließend schweben wir ins Hotel. Dort kommen wir auch rechtzeitig an, denn heute heißt es ja wieder Koffer packen, aber nun vorerst das letzte Mal, denn morgen geht unsere Reise zu Ende. So schade!

Freitag, Abreisetag!

So, heute ist es dann schon wieder so weit, unsere schöne Pilgerreise geht zu Ende. Die Koffer sind gepackt und sehr voll, der Kopf ist auch übervoll von allen Eindrücken und Erfahrungen.

Wir frühstücken heute ein letztes Mal im Hotel und treffen noch mal die drei Mädels, die aber schon fertig sind und auch ihre Koffer dabeihaben. Sie wollen noch in die Stadt, bevor sie heute auch abreisen. Na ja, viel mehr reden sie sowieso nicht, und wir sind heute auch zufrieden, wenn uns keiner bei unserem Frühstück stört, wir haben ja noch genügend Zeit. Nach dem Frühstück gehen wir erst mal auf den Markt, Leni will noch den guten spanischen Käse kaufen und ich brauche natürlich wieder die Tarte de Santiago, und muss noch die Zigaretten für meinen Mann besorgen.

Der Markt ist toll, wir probieren hier und da etwas Käse, Oliven und ein paar andere Sachen, und haben schon wieder ein paar Tüten in der Hand. Hoffentlich bekommen wir das noch irgendwie verstaut, aber Handgepäck geht ja auch noch, im Rucksack ist noch ein bisschen Platz. Nun weiter in die Altstadt, hier öffnet gerade ein Schuhgeschäft und es zieht uns irgendwie hinein. Wohl oder übel muss ich mal wieder ein paar Sandaletten kaufen, denn die sind ja so schön!

Kurz vor der Kathedrale gibt es dann ja noch den Souvenir-Shop, wo wir gestern versprochen haben, noch den Schmuck zu kaufen. Also nichts wie hinein, und die hübsche, nette Verkäuferin erkennt uns auch sofort und kommt gleich zu uns her. Sie ist wahrscheinlich doch überrascht, dass wir heute wiedergekommen sind, und umarmt uns gleich mal zur Begrüßung wie alte Bekannte. Na, so was habe ich auch noch nicht erlebt. Das war's, nun muss Leni doch noch den Schmuck kaufen! Zur Verabschiedung machen wir auch noch ein paar schicke Fotos zusammen, wobei wir in unseren sportlichen Sachen ein bisschen komisch aussehen, sehr lustig!

So, wo wir nun doch schon wieder vor der Kathedrale sind, können wir auch hinein gehen und noch einmal zum Abschluss die Pilgermesse genießen. Es ist wie immer ziemlich voll, aber da wir pünktlich sind, bekommen wir einen guten Platz. Auch heute haben wir Glück und das Weihrauchfass wird wieder hochgezogen und fliegt durch die Kirche. Da werden ja wieder genug Spenden zusammengekommen sein, wunderbar. Dieses Mal können wir in aller Ruhe unsere Handys zücken und ein paar Aufnahmen machen. Es wird zwar extra vorher darauf hingewiesen, dass das Fotografieren verboten ist, aber alle haben ihre Handys in der Hand, sogar ein Pfarrer filmt und holt sein Handy unter dem Talar hervor. Na ja, wirklich jeder möchte diese Eindrücke mitnehmen und mit anderen teilen.

Als wir nun hinausgehen, stehen schon wieder sehr viele Leute an, die hinein möchten und warten, bis sich die Türen wieder öffnen. Nur leider regnet es, der Himmel weint also mit uns, dass wir abreisen.

Schnell laufen wir zum Hotel, warten auf unser bestelltes Taxi und dann geht es zum Flughafen! Bye, bye, du schöne Zeit, wir müssen uns verabschieden!

EPILOG

So, 270 km geschafft, wer hätte das gedacht!

Es war wieder ein absolut großartiges Erlebnis, dieser Jakobsweg macht also doch süchtig!

„Einmal Pilger – immer Pilger" - welch ein wahres Wort!

Dieser Küstenweg hat wirklich alles erfüllt, was er versprochen hat und noch viel mehr, auch viel Unerwartetes, was man nie vorhersehen kann. Es war zwar anders als beim letzten Mal, zwischendurch haben wir bestimmt auch die eine oder andere Annehmlichkeit aus dem letzten Jahr vermisst, aber wie uns ein Schild am Wegesrand schon richtig gesagt hat: „Sin dolor, no hay gloria", was übersetzt so viel wie „ohne Schmerz keine Erlösung" heißt.

Jeder Schritt war von einer leichten Meeresbrise begleitet, die die Seele belebt und den Körper auf dem Weg zum angestrebten Ziel herausfordert.

Wir haben unsere Herausforderungen auf jeden Fall gut gemeistert, und unsere Freundschaft dadurch vertieft.

Der portugiesische Küstenweg mit seinen wunderschönen weißen Stränden war nicht zu überbieten und ich bin froh, ihn gegangen zu sein, bin froh, seine Menschen kennengelernt, bin froh, die Schicksale der „Anderen" miterlebt zu haben. Und genauso wie ich haben sie daraus sicher ebenso viele Erfahrungen mitgenommen und sind innerlich daran gewachsen.

Für uns war es mit Sicherheit nicht die letzte Tour.

Bis dahin,
Buen Camino!

–

PS: Nächstes Mal müssen wir uns aber treffen, auf dem Jakobsweg oder vielleicht auf einem anderen, ähnlichen Weg!